長白山詩派叢書

刘丰田诗词选

刘丰田◎著

時代文藝出版社

图书在版编目（CIP）数据

刘丰田诗词选 / 刘丰田著．—长春：时代文艺出版社，2019.7
（长白山诗派丛书 / 张福有主编）

ISBN 978-7-5387-6066-8

Ⅰ．①刘… Ⅱ．①刘… Ⅲ．①诗词－作品集－中国－当代 Ⅳ．①I227

中国版本图书馆CIP数据核字（2019）第028246号

出品人　陈　琛
产品总监　郭力家
责任编辑　冀　洋
封面题字　王云坤
装帧设计　孙　利
排版制作　隋淑凤

刘丰田诗词选

刘丰田 著

出版发行 / 时代文艺出版社
地址 / 长春市福祉大路5788号　龙腾国际大厦A座15层　邮编 / 130118
总编办 / 0431-81629751　发行部 / 0431-81629755　北京开发部 / 010-63108163
官方微博 / weibo.com / tlapress　天猫旗舰店 / sdwycbsgf.tmall.com
印刷 / 三河市万龙印装有限公司
开本 / 710mm × 1000mm　1 / 16　字数 / 225千字　印张 / 16.25
版次 / 2019年7月第1版　印次 / 2019年7月第1次印刷　定价 / 98.00元

“长白山诗派丛书”编辑委员会

巍峨长白　张福有 摄

⊙ 2011 年 8 月 22 日，张福有在长白山天池

主 编 简 介

张福有，别署养根斋，祖籍辽宁东港，1950年生于吉林集安良民村，中央党校研究生，研究员。中国文联全委，中国摄影家协会理事，中国作家协会会员，中国书法家协会会员。曾任集安县委办公室副主任，通化地委办公室副主任，吉林省委副秘书长兼办公厅副主任，白山市委副书记兼政协主席，吉林省委宣传部副部长（正厅长级）兼吉林省社科联党组书记、副主席，吉林省文联（吉林省作协）党组书记、副主席和吉林省社科院副院长，吉林省政协常委，中华诗词学会二届、三届副会长等。现为中华诗词学会顾问，吉林省诗词学会会长，长白山诗副社长，《长白山诗词》主编，吉林省长白山文化研究会会长，吉林省文史研究馆馆员，吉林师范大学客座教授，中国社科院东北工程专家组成员，吉林省文物局集安麻线高句丽碑、安图长白山神庙遗址、抚松枫林遗址专家组成员。著有《养根斋诗词选》《张福有诗词选续辑》《诗词曲律说解》《长白山诗词史话》《高句丽王陵统鉴》等，辑笺《长白山诗词选》，编著《长白山诗词论说》《百年苦旅》《集安麻线高句丽碑》等，主编《长白山池南撷韵》等三十多部，有三十多项考古新发现，填补空白，纠正误识误读。2012年荣获“全国优秀科普名家”称号。被《长白山诗词》和“诗词中国”推荐为：“吉林诗家”“中华诗人”。力行以诗证史，倾心培育长白山诗派，为长白山文化研究和建设做出开拓性贡献。

长白瀑布　张福有 摄

⊙ 刘丰田

作 者 简 介

刘丰田，满族，1949年4月生，辽宁新宾县人，曾用网名有龙山樵夫、苏水渔夫、常青藤等。高级讲师。辽宁省抚顺市东洲区委党校退休干部。现任东洲区关心下一代工作委员会副主任，东洲区第十八届人大代表。中华诗词学会会员、辽宁省诗词学会会员、中国诗赋学会会员、中国诗词研究会会员、抚顺市诗词楹联学会副会长、抚顺市作家协会主席联络员、抚顺市文化产业促进会会员、华夏诗词论坛荣誉站长、华夏诗社副社长。2009年至2016年间曾两度出任关东诗阵版主、2016年2月，曾当选辽宁省诗词学会副会长。习诗十年，累计创作诗词三千二百多首，有七百多首诗作发表在《中华诗词》《中华辞赋》《长白山诗词》等刊物上以及《中华诗词文库·辽宁诗词卷》《纪辽东》等几十部诗词集中。出版有诗词专集《东洲诗稿》《刘丰田诗词专辑》两种。作品曾多次在各类诗词赛事中获奖。

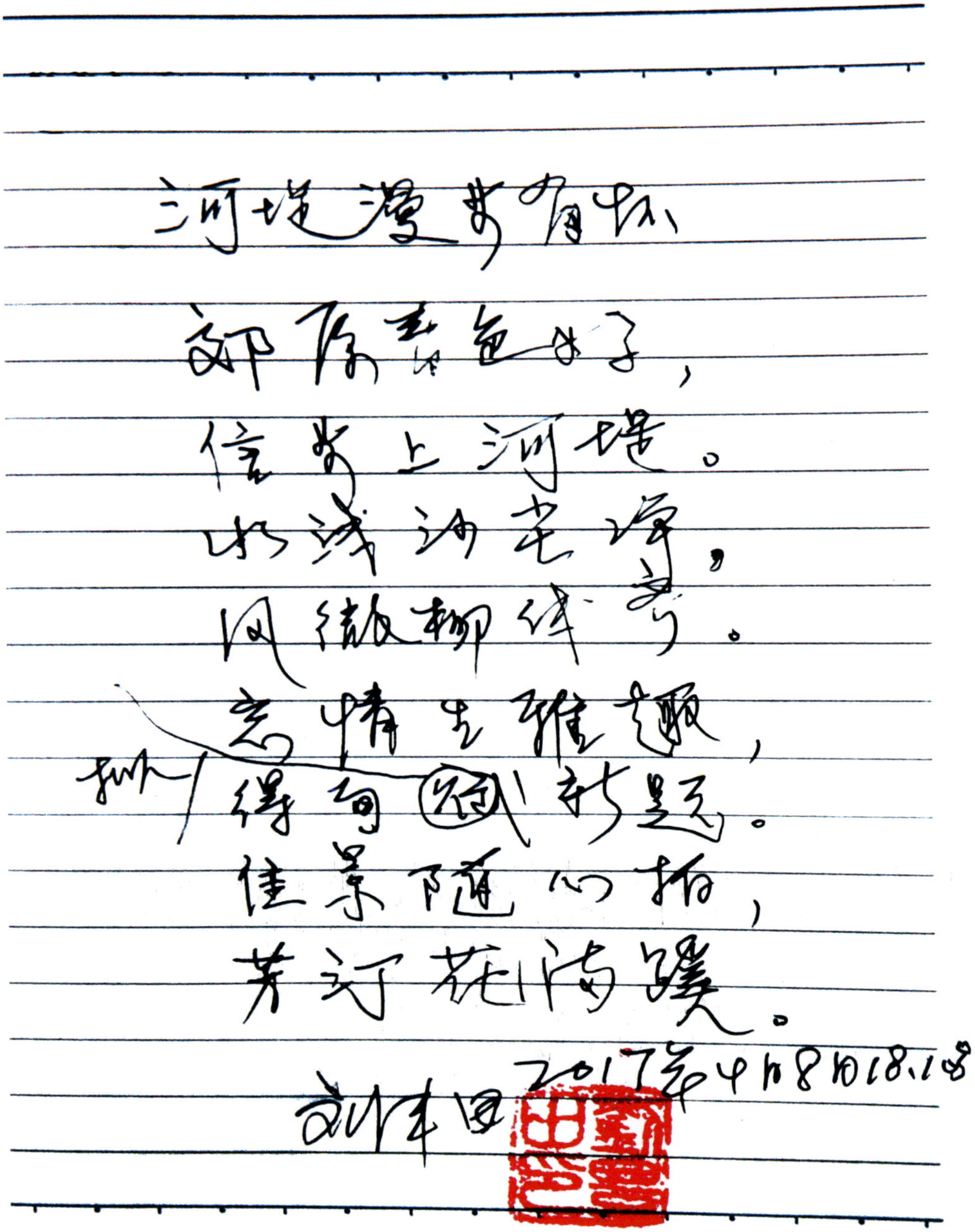

⊙ 刘丰田手稿

总　序

经过多年的策划，“长白山诗派丛书”今年终于全面启动了。

早在1994年春，时任中共白山市委副书记蒋力华建议拙斋编辑《长白山诗词选》，并云：“担纲者，非兄莫属也。”拙斋深感兹事体大意深，可做，亦应做好。只是时任中共吉林省委副秘书长兼办公厅副主任，分管综合、信息、督查等政务工作，没有时间去做。1996年5月9日，拙斋亦被省委派到白山，任中共白山市委副书记兼市政协主席。当晚席间，力华说：“老兄，《长白山诗词选》这回可以动手了吧？”我答：“此事现在真的可以做了。”

此后，两年的业余时间，均做此事，每天只睡两到四个小时。辛苦，但很充实，也很快乐。

1998年9月8日，拙斋在白山市主持召开了全国第三次长白山文化研讨会暨《长白山诗词选》首发式。应拙斋之请，时任吉林省政协主席张岳琦同志莅临会议。中华诗词学会孙轶青会长写来贺诗。中华诗词学会常务副会长、《中华诗词》杂志社社长梁东，副会长、《中华诗词》主编刘征，副会长兼秘书长、《中华诗词》常务副主编周笃文，副会长、《中华诗词》常务副主编杨金亭，副会长、河南省诗词学会会长林从龙，中华诗词学会顾问、广西政协副主席、诗词学会会长钟家佐，《诗刊》常务副主编丁国成，著名诗词理论家丁芒等国内诗词大家齐聚白山，共襄盛举。会上，诸位诗词界权威盛赞《长白山诗词选》的辑笺和出版发行。丁芒先生着重谈了《长白山诗词选》的史学意义。梁东先生说："白山市委能从历史文化遗产中吸取力量，从几千年历史中展望未来，难能可贵。"刘征先生说："张福有同志辑笺《长白山诗词选》的出版，为繁荣中华诗词做出了不可磨灭的贡献。"周笃文先生说："词的源头可以追溯到《纪辽东》。《长白山诗词选》收录了隋炀帝和王胄的《纪辽东》，既是对长白山文化的贡献，也是对中华诗词的贡献。"杨金亭先生说："随着《长白山诗词选》的出版，呼唤长白山诗派的出现。《长白山诗词选》的出版，不仅是张福有同志对长白山文化的贡献，对繁荣中华诗词也做出了不可磨灭的贡献。这部书的问世，为研究长白山文化在中华文化中的个性与特色，提供了资料。这对于建设长白山诗派，很有益处。现在，全国的诗词创作空前活跃，不足之处是缺少诗派，或者说，有的流派还在形成之中。随着《长白山诗词选》的出版，呼唤长白山诗派的出现。只有众多诗派形成之后，才能有真正的诗词的繁荣。"这都是十分难得、甚为宝贵的评价和建议。尤其是杨金亭先生的意见，对于我们吉林省的诗词创作，具有特别重要的指导意义。中华诗词学会这几位先生的重要讲话，均收录在2001年10月出版的《长白山诗词论说》一书中，由时代文艺出版社出版。

培育长白山诗词流派，最重要的是加强诗词建设。加强诗词建设，是一项宏大的事业，要将其作为事业来对待。要有事业心和责任感，在队伍建设、阵地建设、理论评论建设、风格流派建设等方面取得突破。就此问题，我们抓了三十年，大致分为三个阶段：

第一个阶段是前十年。从1987年5月15日吉林省诗词学会成立，到1998年9月8日全国第三次长白山文化研讨会暨《长白山诗词选》首发式的举办。这十年多，主要是打基础，从组织上做准备和铺垫。长白山诗社几位社长特别是文中俊先生，做了很多工作。这十年多，虽然没有明确吉林的诗词发展要以什么为目标和主攻方向，但加强队伍建设、办好《长白山诗词》，传承旧体诗词、发展和繁荣诗词创作等方面，是明确的，而且是非常重要的。这是打基础的阶段。

第二个阶段是中十年。从1998年9月8日到2008年9月12日，即从全国第三次长白山文化研讨会暨《长白山诗词选》首发式起，到吉林省诗词学会第二次会员代表大会的召开。主要目标是深入挖掘长白山诗词的历史底蕴，建立、健全各级诗词组织。

长白山诗词底蕴深厚，从《诗经》的“大东”“追”“貊”“商”，到词的源头《纪辽东》；从汉、魏、晋、唐、宋，到辽、金、元、明、清，长白山诗词源远流长，而且有优秀的传世作品。隋炀帝的《纪辽东》，唐太宗的《辽城望月》，李白的《高句丽》《送王孝廉觐省》，张元幹的《念奴娇》，萧太后的《秋猎》，王寂的《渡辽》，赵秉文的《长白山行》，刘敏中的《卜算子·长白山中作》，朱元璋的《鸭绿江》，康熙的《望祀长白山》《柳条边望月》《松花江放船歌》等，吴兆骞的《长白山》《长白山赋》，乾隆的《驻跸吉林境望叩长白山》《望祭长白山》《吉林览古杂咏》《吉林土风杂咏十二首》等，张凤台的《赠刘建封》，刘建封的《白山纪咏》等，十分珍贵，不可多得。尤其是“三吴”——吴兆骞、吴大澂、吴禄贞，二沈——沈承瑞、沈兆禔，“吉林三杰”——成多禄、宋小濂、徐鼐霖，在长白山诗派中都堪称独树一帜，成就斐然。

《长白山诗词选》出版之后，我又陆续查找到一些与长白山直接有关的诗词。如，从金代王寂的《张子固奉命封册长白山回以诗送之》七律中可知，金代是派张子固到长白山北的神庙即安图“宝马城”封册长白山神为“开天宏圣帝”的。此事，《金史》中无记载，是以诗证史的典型例证。2009年，我将王寂这首七律收录进《长白山池南撷韵》一书，由吉林人民出版社出版。从王寂《鸡儿花》的五律中，可知他在信州偏脸城中的大明寺住过。曹雪芹的祖父曹寅，随康熙东巡到过吉林，有词《满江红·乌拉江看雨》，可谓坚证。吴大澂在《皇华纪程》中留下很多诗词，一路上在吉林境内吃住过好多地方。其实，他在第一次奉使吉林时（光绪六年腊月十五晚）就住在敦化官地镇岗子村，当时叫通沟镇，通沟驿站就是吴大澂增设的。通沟驿站的位置，与现在的通沟书院紧相比邻，仅距几十米。这都是不可多得的力作和掌故。这些长白山诗词作品，奠定了长白山诗词流派的根基。这是一笔非常宝贵的精神文化遗产。

我们要培育、建设长白山诗词流派，首先要深刻认识古人这些长白山诗词作品的重要价值，从中汲取养分，才能将其很好地传承下去。全省多数市州和有条件的县市区，都建立了诗词组织。2001年，由翟志国选编的《长白山诗词精选》，收录了《长白山诗词》自1985年创刊到2000年十五年间的诗词精品，正式出版。2003年出版的拙著《一剪梅情缘》，事由李克谦先生发端，俞平伯之子俞润民、陈煦伉俪热心助力，欧阳中石先生题写书名，严迪昌先生作序，全国近三百位诗人参与，感动了全国诗词界，其中的主要文章被收入《中华诗词年鉴》。

《长白山诗词选》出版以后，得到书法家的高度重视。徐邦家先生率先书写，出版专著。全省很多县市的县志、市志中，选入与当地有关的长白山诗词。吉林省地方志办公室又让我从志书里的诗词中，选收《志咏长白》等一百首，专门出版。《长白山诗词百韵》，是根据蒋力华先生的提议，由我从《长白山诗词选》中选录的。这一百首诗词，周至清代六十首，民国十首，当代三十首。书已出版，书法作品还举办了展览。

第三个阶段是后十年。从2008年9月13日到2018年4月4日，即从吉林省诗词学会第二次会员代表大会的召开起，到这次编辑的“长白山诗派丛书”书稿送交时代文艺出版社。

2008年9月13日，我们召开了吉林省诗词学会第二次会员代表大会。经会长办公会讨论、张岳琦会长审定，我在报告中提出“发展振兴我省诗词事业，培育、建设长白山诗词流派，使之进一步融入全国诗词由复兴走向繁荣的大潮”的五项主要工作任务：一是，扩大诗词队伍，加强组织建设；二是，提高创作质量，办好《长白山诗词》；三是，深入生活，深入实际，多创作关心时事、反映现实、感悟人生的作品，使之成为诗词创作的主流；四是，加强对外交流；五是，与时俱进，积极开发电子网络传媒中的诗词活动。其中主要是通过大规模采风创作，锻炼、提高队伍，坚持出版大型主题诗词集。这期间，在集安、长白山池南区、江源、通化县、公主岭、白城、农安、辉南、珲春、图们、梅河口、通榆、长白山池北区、四平、东丰、吉林市龙潭区江密峰镇、敦化等地举办的诗词采风和诗词活动中，我们都反复强调培育、建设长白山诗词流派这一重要工作，形成共识，齐心协力地抓落实，见到显著成效。

2010年3月21日，中华诗词学会顾问、《中华诗词》主编杨金亭先生在我省农安诗人叶宝林的诗词研讨会上高兴地说：“可以说，长白山诗词流派，现在已经初步形成。”这是杨金亭等先生对吉林和东北诗词事业的充分肯定。

三十年间，我们主要做了以下工作：

一是，连续组织大型采风活动。

1. 2005年4月23—24日，关东诗阵第一届年会暨杏花诗会在白城市召开。

2. 2006年，关东诗阵年会暨百家诗人咏黄龙活动于7月12—13日在黄龙府农安召开。

3. 2007年4月29日—5月2日，在集安召开年会，著名诗人熊东遨、包德珍、韩林坤、张驰参加。出版采风诗集《历代诗人咏集安》。

4. 2008年3月16日，由耐寂轩主主编的《长白山诗词》刊发《关东诗阵专号》，共收关东作者一百三十余人，近五百首作品。

5. 2008年9月5—7日，由长白山池南区管委会、关东诗阵联办的“长白山池南颂采风之旅暨关东诗阵2008年年会”在长白山池南区召开。出版采风诗集《长白山池南撷韵》。

6. 2009年3月23日，在中共吉林省委宣传部的大力支持下，召开了《长白山池南撷韵》出版座谈会，来自吉林、黑龙江等地的六十多位作者代表出席。

7. 2009年6月12—14日，在公主岭市举办“公主岭诗乡之旅暨关东诗阵2009年年会”，著名诗人熊东遨、李枝葱参加。出版采风诗集《公主岭风韵》。

8. 2009年7月，通化县“酒海溢香”诗会。出版采风诗集《酒海溢香》。

9. 2009年9月28—30日，由白山市江源区、中华诗词论坛、吉林省诗词学会、长白山文化研究会主办，中共白山市江源区委宣传部、关东诗阵、江源区文化旅游局承办的“江源毓秀金秋采风”活动暨《百年苦旅》首发仪式、庆祝关东诗阵成立五周年大会在江源区举行，包德珍、张驰再度参加。出版采风诗集《江源毓秀》。

10. 2010年5月，举办白城杏花诗会，熊东遨、钱明锵参加。

11. 2010年7月6日，在辉南玛珥湖山庄举办“当代诗人咏辉南龙湾采风行”活动。出版采风诗集《当代诗人咏辉南》。

12. 2010年9月11日，农安诗会暨关东诗阵2010年年会。出版《黄龙逸韵》。

13. 2011年6月，再次组织通化县采风活动，召开关东诗阵2011年年会。出版采风诗集《诗人走进通化县》。

14. 2011年8月，《图们江放歌》出版。8月19日—21日，在图们市朝鲜族百年部落举行首发式，三十位诗友聚集一堂，围绕《图们江放歌》出版发行的历史意义、文化价值、培育长白山诗词流派等问题开展研讨。

15. 2011年12月，《辛卯开岁联唱集》出版。

16. 2012年7月20—22日，梅河口采风活动，召开关东诗阵2012年年会。采风作品收入《梅津汇律》《海龙吟》。

17. 2012年9月22—23日，《珲春韵汇》《延边礼赞》出版，为延边设州六十周年献上厚礼。

18. 2013年8月5—6日，通榆向海采风活动，召开关东诗阵2013年年会。出版采风诗集《鹤乡雅韵》。

19. 2014年5月28日，中共四平市铁东区委、区政府和四平市诗词学会，共同举办“纪念纳兰性德诞辰三百六十周年端午诗会”，吉林省诗词学会参加活动。

20. 2014年7月4—6日，《诗情画意鹿乡行》采风启动仪式在东丰县举行。“中华诗词论坛·关东诗阵”的主力五十位诗友参加采风，召开关东诗阵2014年年会。12月31日，中共东丰县委、县政府隆重召开《诗情画意鹿乡行》首发式，有七百多人参加。

21. 2014年8月28日，中华诗词学会主办的“寻梦纳兰性德祖地，走进诗情画意四平”诗词研讨会在四平市铁东区叶赫大架山晨亮会馆举行。全国诗人走进四平，省诗词学会大力支持。四平市诗词学会为了宣传纳兰性德祖居地，研究纳兰性德诗词，还举办了纳兰性德诗词大讲堂。

22. 2015年12月18—21日，“纪念刘建封诞辰一百五十周年长白山诗会”在长白山一山一蓝生态主题酒店举行。诗词中国组委会代表、中国出版集团中版文化传播公司总经理助理沈昊，向“诗词中国创作基地定点合作单位”一山一蓝生态主题酒店、长白山历史文化园授牌。2015年度关东诗阵年会召开。会后结集出版《韵补东荒》。

23. 2016年9月23—25日，吉林省诗词学会组织东北三省部分诗人在吉林市龙潭区江密峰镇采风。“精彩龙潭”诗词座谈会暨关东诗阵2016年年会在龙潭区档案馆召开。关东诗阵九名版主参加了这次活动。

24. 2017年4月29日—5月1日，“敖东绮韵”关东诗阵2017年年会在敦化举行。敦化市诗词学会和通沟书院于亚茹院长给以大力支持。

关东诗阵的年度采风，得到了吉林省委原书记王云坤的高度重视和鼎力支持，多次题写书名，得利了吉林省政协原主席、中华诗词学会顾问、省诗词学会老会长张岳琦和中共吉林省委原副书记、省诗词学会顾问唐宪强的大力支持。只要能脱开身，他们都尽量到采风市县参加活动。平时，也帮助省诗词学会解决不少难题。吴文昌同志曾任中共吉林省委组织部副部长、吉林省人事厅厅长等职，出任“中华诗词论坛·关东诗阵”首版助理，帮助论坛把关定向，做了很多重要工作。个人出版有《临清集》《俯仰集》等三本诗集。聂德祥同志退休前任吉林省诗词学会副会长，是学会资历最深的副会长，出版有《试剑集》和《虎啸集》，积累了大量资料和诗词档案，为学会的建设做了很多工作。在每年诗词采风之后的编书工作中，副会长翟志国的从严把关让人记忆犹新。出力最多的是副会长温瑞，眼明手快，加快了进度，保证了质量。副会长邵红霞和关东诗阵首版助理高丰清多次参与编书。除了采风之外，我们还根据中华诗词学会的部署，编辑出版了《中华诗词文库·吉林诗词卷》，堪称是对长白山诗词流派建设成果的一次集中检阅。我们还根据中华诗词学会的部署，编辑了《当代中华诗词集成·吉林卷》。

二是，坚持办好《长白山诗词》，出版具有地域特色的诗词作品集。《长白山诗词》，有国内外公开刊号，张岳琦主席提出明确的办刊理念：“扎传统之根，开时代之花，育佳作之林，建诗友之家。”双月刊，现已出刊一百四十八期。

在采风之后正式出版的大型主题诗集之外，我们还编辑出版了《香远溢清》《百年苦旅（诗贺）》《戍楼浩咏》《人民警察颂》《法书吟鉴（诗贺）》《李元才书法集（诗贺）》《白山纪咏》《雪域情怀》《纪辽东》《辛卯开岁联唱集》《松花玉咏》《长白山黑陶》《公主岭玉米之乡》《吴景升文集（诗贺）》等诗集。九台、德惠、农安及白山、集安、通化县等地，都有固定的诗词刊物和诗集出版。真可谓硕果累累，被中华诗词论坛张驰先生称为“关东诗阵现象”“吉林诗词现象”，被周笃文先生誉为“关东铁军”。

关东诗阵的历任首版及版主，无偿做了大量工作。《关东诗阵·精华卷》，从2004年10月，到2018年3月，共有一百六十二卷，收录精华诗词曲一万零五百八十五首（篇）。其中，诗七千三百一十首，词三百一十六首，曲九十五首，赋四篇，楹联十五副。吉林省诗词建设成就斐然，与长白山诗社序列在吉林省政协有直接关系。三十多年前，中共吉林省委强晓初书记大力支持成立长白山诗社和省诗词学会，诗社有编制、有经费、有公开正式刊号。张岳琦主席等吉林省政协主要领导继续大力支持，使得吉林的诗词事业不断发展。

在近十一年由吉林人民出版社等出版的二十多本大型主题诗集中，有诗词三万多首，其中约有两万首是相对集中写长白山的诗词作品。这是长白山诗词流派的重要内容和代表作。采风所得的丰富作品与大家平时创作的作品，构成“长白山诗派丛书”的坚实基础。出版《会意天风合律鸣》等八本诗词专辑的中共吉林省委宣传部原常务副部长、省诗词学会副会长蒋力华同志，对长白山诗词创作取得的这些丰硕成果，由衷地高兴，指出：建设“诗域吉林”，已经初见成效。

三是，重在培养提高创作队伍。吉林省内多数市州县区，都有诗词组织和刊物。很多诗人都出版了自己的诗词专辑，有的出版过多本。白城“四匹狼”、德惠“三花一剑”、磐石“草堂八友”、“佟江七子”、“通化八拙”等，名传省外。李容艳、陈淑艳等诗友将关东诗阵每年一度的采风创作称之为“拉练”。每次“拉练”，关东诗阵都是主力。以《长白山池南撷韵》为例，本书作者来自全国二十三个省、市、区一百九十八人，其中，东北三省九十八人，占近百分之五十。在东北三省的九十八人中，吉林省八十一人，占百分之八十二点七。在中华诗词学会举办的六届

“华夏诗词奖”中，先后有邵红霞、奚晓琳、张文学获一等奖，翟志国、于德水、褚艳芳、寇彦龙、李红光、赵丽萍、李振平获二等奖，刘庆霖、陈旭、吴菲、边郁忠、张彦、于海凤、吴文昌、田子馥、宋轼霖、张英玉、张景芳、叶剑波、冯振江、房爱广获优秀奖。其他奖项吉林诗人就更多了。

被诗词界誉为“诗坛铁军”的这支队伍，招之即来，来之能咏。人民出版社出版的《呼唤》，中华诗词学会第四次会员代表大会的志贺诗《蟹岛唱和集》，近三年恭王府的《海棠雅集》，在很短的时间内，我在大家的支持下，均约提供了二分之一的作者、三分之二的作品。

四是，积极争取发展繁荣长白山文化、长白山诗词进入吉林全省工作决策中。根据我们的建议，长白山文化建设包括长白山诗词建设，陆续被写入省党代会报告、省委全会的决议和省政府、省政协的工作报告中，写入省委常委会、省政协的年度工作要点中，真正进入全省的工作决策。这是前所未有的重大转变，标志着长白山文化、长白山诗词建设，已经由研究层面，进入到实施层面，意义重大，影响深远。这一重大转变的时点，恰逢长白山得名一千周年之际。据《辽史》记载，辽圣宗统和三十年（1012年），“长白山三十部女直乞授爵秩”，并有“长白山女直国大王府”“鸭绿江女直大王府”之说。女直即女真，因为避辽兴宗耶律宗真之讳，辽改女真为女直。在长白山得名一千周年之际，吉林省政协于2012年6月27日，在省宾馆成功地举办了长白山文化发展论坛，机遇巧合，意义殊深。时任省政协主席、后为省长、现为省委书记的巴音朝鲁主持会议，时任全国政协副主席孙家正到会做重要讲话，省政协副主席任凤霞主持第二阶段论坛，省政协书画院院长、省诗词学会副会长蒋力华具体负责筹备这次长白山文化发展论坛。著名学者余秋雨先生和我发表主旨演讲。我的讲演的重要内容，就是阐述长白山文化是代表吉林文化的标志性符号，长白山诗词是长白山文化的精粹，介绍长白山诗词流派的重要成果。

五是，凭借网络、手机等现代传媒手段，开展全国联动唱和。吉林省诗词学会与中华诗词论坛合办关东诗阵。有了这个平台，堪称如虎添翼。正是利用这一平台，从2005年开始，我发起了贺春唱和。每年从腊月廿三“小年”开始，到次年正月十五结束，开展同韵贺春唱和，成为当代中华诗词的一道靓丽风景。2011年春节，由沈鹏、周笃文、张福有、张岳琦四家发起辛卯开岁联唱，在内地及港澳台地区引起了热烈反响，上万名诗歌爱好者上网参与，以祈福祖国、讴歌时代和歌唱生活为主题的联唱，为新春佳节增添了浓郁的中国传统文化气息。仅半个月时间，高筑吟楼八百九十九楼，点击一万三千多人次，参与唱和的诗人遍布内地三十一个省、市、自治区、直辖市和香港、澳门特别行政区以及台湾地区。这是2005年春节以来贺春的高潮，内地三十一个省、市、区和港、澳、台地区三百多位诗人参与和诗，共得同韵和诗三百八十三首，陕西旅游出版社出版了《辛卯开岁联唱集》，《人民日报》2011年11月22日做了报道。2011年，张岳琦主席的“先”韵和我的“芳”韵唱和，仅半月时间，有近千人参加，加上步四家联韵，三韵共收和诗一千二百三十首，盛况空前，史无前例。周笃文先生盛赞曰：“真昭代祥瑞也！”“功德无量！”

2012年春节，更是高潮迭起。初一漏夜，书坛泰斗沈鹏先生以手机发给我七律的首联。我即转给周笃文先生得续颔联，返我后又接成颈联发给张岳琦先生，足成一律。我将其发至网上，并提示诗友云：为客岁四家联唱之继响也，不啻当今吟坛又一雅事。

从2005年乙酉到2016年丙申，地支满一轮，历经十二年，得内地三十一个省、市、区一千二百四十多位诗人响应，共得贺春和诗四千二百多首。2016年，我们悉遵蒋力华君雅意，以《长白山诗词》2016年增刊形式，编辑出版了《春韵满神州——十二年贺春唱和集》，收录一千二百四十余位作者两千六百多首诗。2017年和2018年，又收到一千余首同韵和诗。每年春节的贺春活动，都迅即传播到很多网站。贺春主题帖成为全国诗词界目前吟楼最高（超千层）、人气最旺（过万点）的热帖。广大网友评价，网上和诗迎春，堪称一个创举。这些活动的成功，发起者因势利导，组织者既是诗人，同时又能亲自上网。张岳琦同志和周笃文先生每天都亲自上网看稿，发现情况，随时沟通协调。在和诗过一百首、二百首、三百首、五百首之后，我们相继依原韵作诗感谢诗友。春节期间，我每天都在网上工作十六个小时左右，一千多楼的跟帖，除极个别者外，每帖必回，好的给以鼓励，致以谢意；遇有出律的和需要修改的，提出意见和建议，有的还要反复多次才能定稿并不断编帖。讨论中，充分发扬学术民主，尊重作者意见。同时面对近千名作者，我都通过论坛短信、电子邮箱和手机，及时掌握作者的姓名、地址、邮编、电话，建立通讯录，出书后，给作者寄书。

大量艰苦细致的工作，赢得了广大诗友的敬意和感佩。2011年春节，安徽诗人胡宁在回帖中写道："什么叫精气神？什么叫凝聚力？"张岳琦先生在给我的短信中写道："联句唱和，蔚为壮观。此乃今年诗坛特有的盛事！工作浩繁，完全是奉献。"周笃文先生称赞道："开岁诗联唱活动形成了一种新的网络文化现象，在互联网飞速发展并影响着人们生活的今天，还有这么一群诗歌爱好者拥有着健康向上浪漫诗意的过年方式，堪称诗坛铁军，真是奇迹！"并致信于我："爱兄之骆驼精神，诗坛殆罕其匹也！"周笃文先生欣慰地说："这次活动还是一次成功的探索，它激活传统，继雅开新；网络诗文，表现当代。"

每年网上贺春结束后，我都在蒋力华的支持下，选二三十首精品佳作转给《吉林日报》刊发，《长白山诗词》也选发百八十首，做到网刊互动。

2018年的贺春活动，共收到和诗四百五十多首。《长白山日报》以三个版的篇幅，刊发一百五十首。《协商新报》刊发五十首，《城市晚报》刊发三十六首，《长白山诗词》第3期刊发一百二十首。

六是，创立新词牌，精心创作继雅开新的标志性作品。马凯先生提出“求正容变”，周笃文先生提出“继雅开新”，深有见地。就此，我们做了一些探索。

（一）规范《纪辽东》词谱，三年多全国有二十八个省、市、区三百多位诗人创作《纪辽东》四千多首。隋炀帝，即杨广（569—618），首创《纪辽东》，堪称不朽。大业八年（612年），隋炀帝伐高句丽，渡辽水，大战于东岸，并作《纪辽东》。其中“轻歌凯捷丸都水”句，“丸都水”在《全汉三国晋南北朝诗》《隋书》和《奉天通志》中均作“九都水”，乃误。我在辑笺《长白山诗词选》时将其订正为“丸都水”。“丸都”，系高句丽都城国内城的守备城——丸都山城，在今吉林省集安市城西北二点五公里处。而九都，于历史、地理等方面均不确。“丸都水”，确指应为丸都山城下的通沟河。通沟，亦称豆谷、洞沟。1998年9月8日，时任中华诗词学会副会长兼秘书长周笃文先生指出，根据任半塘先生的论断，隋炀帝和王胄的《纪辽东》，当是词的源头。之后，周笃文先生还给我转来任半塘先生论及曲辞起源应始自隋代之大札，征引旁博，确凿不移。任半塘先生的论断是可信的。宋词源于唐曲子，唐曲子自燕乐出，实始于隋。这就将词起源于晚唐、中唐之说，又向前推进了。宋人郭茂倩明确指出：“《纪辽东》，隋炀帝所作也。”即录以冠“近代曲辞”。龙沐勋肯定《纪辽东》“为倚声制词之祖”，“为词体之所托始”，这应当是不争之定说。隋炀帝的《纪辽东》，传到敦煌莫高窟中，以《求因果》为名，有四十五首。之后，两宋、金、明、清历代，都不乏类似《纪辽东》的词作，只是调以《武陵春》《贺圣朝》《导引》《祝英台》《双头莲令》《隔溪梅引》《阮郎归》变格等别名。这些词牌及作品与《求因果》《纪辽东》在体式上的联系在于“七五为章”，上下两片，四十八个字；差异在于平仄、韵脚变化增多且不换韵。词之源头，是隋炀帝的《纪辽东》。《纪辽东》，开长白山诗词之先河。词的源头能与世界文化遗产吉林集安之丸都山城乃至长白山文化相连，实为中华诗词发展史上之佳趣，更是长白山文化、长白山诗词、集安文苑中不可多得之瑰宝。2009年秋，我借《江源毓秀》创作之机，依隋词体格，作七言五言，双调联章，边创作边作规范平仄与用韵。以七律格式为底本，对于五言句，减偶数句七言句前二字。共得四种格式，就首句末二字论，有平平脚、仄平脚、平仄脚、仄仄脚四种，兼有些许变化。平仄粘对同律，词性不用对仗。仄平脚句要防孤平，可用拗救。此外，一三五不论，二四六分明。平收，均用平韵。仄收，同韵部叶仄，也可不叶。拙文在《长白山诗词》2009年第6期和“中华诗词论坛·关东诗阵”发出之后，立即得到周笃文先生的鼎力支持，挤出宝贵时间惠赐《贺〈纪辽东〉词谱问世寄张福有并序》，誉之为：“《纪辽东》词谱得福有兄悉心整理，厘定四格并亲制六组二十四阕，以为发凡起例。此大功德也，堪称不负平生之名山事业。”《中华诗词》2010年第8期，刊登了拙文《规范词谱传承〈纪辽东〉》。2010年9月25日，我在全国第二十四届（浙江乐清）中华诗词暨夏承焘、吴鹭山学术研讨会上宣读了《规范词谱传承〈纪辽东〉》的论文，此后，又上来一些作品。至此，可以说我们传承《纪辽东》的初衷完全得以实现。2011年4月，吉林人民出版社出版的《纪辽东》专辑，收录《纪辽东》一千八百一十五首。当隋炀帝初征高句丽、创作《纪辽东》一千四百周年之际，《纪辽东》突破四千首。仅蒋力华一人，就创作《纪辽东》四百多首，出版《纪辽东》专辑《天风直引大荒边》。李容艳以刘建封与拙斋的六十首《白山纪咏》为题材，一气呵成专题纪咏《纪辽东》六十首。繁荣《纪辽东》，以慰先贤，期启后世，已成现实。

（二）张文学创《玉甸凉》词体。《纪辽东》是整理古词，规范词谱所得。纯属吉林诗人自创词谱，近年有《玉甸凉》《一剪梅引》《海龙吟》。2007年，吉林省诗词学会副会长张文学先生草创《玉甸凉》，当时自度一曲，因词中有“玉甸生凉”，长春女诗人吴菲建议以《玉甸凉》名之。温瑞等整理了《玉甸凉》词谱，遂得一百九十四首《玉甸凉》作品。后来得知《新修康熙词谱》中有《玉簟凉》，音同意别格异，乃一趣也。

（三）赵光泽自度词，我帮其修改并制《一剪梅引》词谱，得佳作二百八十多首。2010年7月23日，我们与通化市诗词学会和辉南县诗词学会共同组织了“当代诗人咏辉南”采风创作活动。辉南县诗词学会会长赵光泽等自度一曲《辉发怀古》，在括号中标明：“自度，无名，请养根斋斧正赐谱为盼。”初稿共十句，一百零四字。我当时正在图们市参加“图们江文化研讨会”，起早试改并制谱。这个谱十分好记，就是将《一剪梅》在七字句前加一相对的七言律句，并作为一片。再重复一片，即为全词。叠韵处，可以不用叠韵，而选用“红了樱桃，绿了芭蕉”式的对偶韵句。但韵脚过密会给创作增加难度。第一个四字句不押韵亦可，如“燕子回时，独上西楼”。通过网上讨论，温瑞整理了六式词谱，迅即掀起创作热潮，辉南采风期间，创作三百多首《一剪梅引》，《当代诗人咏辉南》一书中选编二百二十多首。2010年，在侯振和先生建议下，又收到《一剪梅引》近百首，《图们江放歌》一书中选编六十六首。这两部诗集所收三百首《一剪梅引》，多为精品。

（四）我创《海龙吟》词谱，出版专辑。2012年夏日，为商定梅河口采风暨中华诗词论坛成立十周年事，我三下梅河口。市政协及市诗词学会遵市委领导同志意见，高度重视，精心设计，诸多要项、细节，日渐清晰。王志明兄提示，江源采风，《纪辽东》兴；辉南与图们采风，《一剪梅引》新牌创立得获颇丰。梅河口采风，亦应有所标记。李延平录白万金考乾隆诗《海兰河屯有序》予拙斋，得知“海兰霍吞”即“海兰河屯”。此地多生榆树，故民间称为榆城。遂认同“海龙”当为“海兰”之异写。读罢取其题与序中“海”字、诗文中“龙”字，亦恰合梅河口市旧名海龙县，又近词牌《水龙吟》，故作《海龙吟》，双调小令，四十二字，四仄韵，上下片六言句，宜用对仗。结，五字句，宜去声一字领，上一下四。

主要句式，从《水龙吟》中析出，求其简便。有了词谱，我先抛砖，率作二十六首《海龙吟》。梅河口采风期间，共收到《海龙吟》一千五百多首，选编一千二百三十四首，在吉林人民出版社出版了《海龙吟》专辑。

长白山文化是古老的，长白山诗词的传承是全新的。我们比较注意防止对长白山文化、长白山诗词的误解与误导。针对“东陲无文”“长白山没有文化”之类的片面认识，多做一些说明和介绍。特别是利用我们在考古田野调查中的新发现，深化对东北史和长白山区开发史、长白山诗词发展史的研究。

2014年10月20日8时31分，我在抚松发现枫林遗址和长白山手斧。手斧是打制的，是旧石器概念。据吉林大学教授、中国考古学会旧石器专业委员会副主任陈全家先生鉴定，长白山手斧距今约五万年，石斧是磨制的，是新石器概念。手斧是人类第一次懂得对称美、掌握对称艺术制成的生产劳动工具。2015年7月7日下午4时29分，我在抚松漫江发现长白山石磬，后经专家鉴定，将其定名为“长白山石磬1号”，一磬双音，小三度，应是新石器时代的打击乐器。原始人的诗性思维，与长白山人的诗意创造，在一开始就浑然一体！因而，诗意长白，是长白山人伟大的历史创举和不朽杰作。长白山手斧与长白山石磬，本身就是绝妙的史前诗。

我们今天所用“长白山诗派”这个概念，有其特定的含义。长白山雄伟壮丽的自然景观，是诗词创作的不竭源泉；深厚的历史文化底蕴，是诗词创作的牢固根基；反映长白山文化建设的成果，是诗词创作的重要题材；保护长白山生态、发展长白山文化产业的需求，是诗词创作的持久动力。这些方面，是对长白山诗派的直观诠释和诗意表达。

近些年来，我们在长白县发现战国时赵国的积坛，连同此前曾在长白县八道沟发现赵国蔺相如的青铜戈，考证在集安阳岔发现的赵国阳安君李跻的青铜短剑，在集安的良民发现公元247年东川王所筑高句丽的第一个平壤城，考证辽源龙首山城一带是扶余的后期王城，燕秦汉长城到了吉林境内，《史记》中的“筑障塞”，《汉书》中的“起营塞”，通化平岗山祭坛和敦化官地岗子遗址、岗子类型的全新发现，为寻找燕赵文化东进、汉代郡县和史书中的挹娄、靺鞨白山部及渤海国东牟山，开拓了全新的视野。考古田野调查为长白山文化研究和长白山诗词创作，提出了很多新课题。围绕这些新发现，诗人写了很多诗词，经常在《长白山诗词》上发专栏，在“关东诗阵文库”中建专题。通过诗词创作，积累以诗证史的资料，进而认清这些新发现和新研究成果的重大历史文化价值，这对于正确揭示长白山地区的开发史、提升东北文化软实力，具有重要意义。

所谓长白山诗词，是指描写长白山景物与风土人情的旧体诗词。古今中外，有关长白山的诗词是大量的。长白山诗派的成果，是诗意长白的创作载体和诗化结晶。

长白山诗词流派是历史形成的。从唐宋到辽金，从元明到清，特别是有清一代，长白山诗词十分丰富。纳兰性德，祖籍四平叶赫，其词被称为“北宋以来，一人而已”。著有《东海渔歌》的清代女词家顾春，祖籍汪清，其祖父鄂昌是雍正朝权臣大学士鄂尔太之侄，词名远播。二人被誉“男有成容若，女有太清春”，这二人堪称长白山诗词流派的重要代表。《白山诗介》是乾隆、嘉庆年间由铁保编纂的诗集，共十卷。清代，八旗文人把诗词作品辑成总集，均在题目上冠以“白山”二字。除《白山诗介》外，还有三部：雍正年间由伊福纳编纂的《白山诗钞》，四十余卷；乾隆初由卓其图编纂的《白山诗存》（卷数未清）；光绪、宣统之际，由杨钟羲编纂的《白山词介》五卷。这些汇辑满族诗人的诗词集，均用“白山”来冠名，已经被称为“白山文学流派”。还有《白山诗草》，程渲著。还有《长白山诗》，作者均为满洲已故之人。铁保编著《熙朝雅颂集》的前半部，全是白山诗选。《大东景运集》亦为铁保所辑，收近二百家满族诗人作品，分立小传，标明诗之源流。还有流放宁古塔的清代流人诗，多有佳作、力作。惜目前所见对于清诗流派的研究专著，无涉长白诗派。对于当代长白山诗词，有的研究专著也未置一词，不免遗憾。

长白山诗派，是从历史上白山文学流派中析出之一支。长白山诗词作品的风格，向以“拙、重、大”为标志。王寂在金朝鼎盛时期，以诗词考得进士，以文章政事显称于世。其诗诸如“按辔澄清须我辈，据鞍矍铄奈吾身”，不掩舍我其谁之志；“只凭忠信行蛮貊，岂有文章动鬼神”，毫无委曲求全之音。其诗文清刻镵露，博大疏放，是金代“国朝文派”的代表性人物，其特征是具有“质朴贞刚”的文化气质。此论堪称定评。这一“质朴贞刚”的文化气质，到有清一代，大家林立。吴兆骞的“长白雄东北，嵯峨俯塞州”，“白雪横千嶂，青天泻二流”，沈承瑞的“龙形蟠大野，云气撼沧溟”，“混同天一色，长白雪千堆”，“吉林三杰”翘楚成多禄的“断垒十重摇树色，大江三面走秋声。老来别有兴亡感，不向西风诉不平”均堪称代表作。这类作品，铿锵有力，远胜咿呀软语。今人张文学的“纵使八千岁，也入大荒东”“乔岳巍巍何太白，披甲傲苍穹”“湛湛天池清虚砚，愿将吾、砚尽俱成墨。大写意，忘情泼”，毫无酸腐气，脍炙人口。他的《水调歌头》《金缕曲》，皆以豪放著称，首首俱佳，几乎成品牌。古往今来的一大批诗人、一大批作品，均可列出一大批佳作。加之状写长白山土产、风情、史典、田园的诗、词、曲，乾隆以降，代不乏人，迄今可举黄龙府刘庆霖、东辽温瑞、边台聂德祥以及丸都、梅津、柳河、大东、公主岭乃至辽海、黑水等诸家例证。

不难看出，从金代的“国朝文派”到清代的“白山学派”，逦至今之长白山诗派，一脉相承。长白山诗派，是从历史上的“国朝文派”“白山学派”延续而来的，还将继续发展，不断壮大、完善。

对于长白山诗派，近年来陆续有一些研究论文发表：

蒋力华：《研究长白山文化　弘扬长白山精神》，《社会科学战线》1994年第6期。

张福有：《诗吟长白二千年》，《学问》2001年第1期。

张福有：《长白山诗词探源》，《学问》2001年第6期。

张福有：《试论长白山诗词及其流派》，《学问·东北史地》2004年第11期。

张福有：《长白山文化述要》，《长白学刊》2007年第5期。

赵丽萍：《解读长白山文化的恢宏卷帙——关于〈百年苦旅〉话题》，2012年5月10日《吉林日报》；《韵补东荒》，吉林文史出版社，2018年3月出版。

李容艳：《长白山诗词流派的重要使命》，2012年8月16日《吉林日报》。

王景珍：《日益壮大的长白山诗词流派》，2012年9月13日《吉林日报》。

张英玉：《试谈〈纪辽东〉对长白山诗歌流派的传承意义》，2012年11月1日，《吉林省第七次长白山文化研讨会论文集》。

贾维姝：《从长白山诗词流派看长白山文化的包容性》，2012年11月1日，《吉林省第七次长白山文化研讨会论文集》。

赵凌坤：《长白山诗词流派对长白山文化的历史贡献》，2012年11月1日，《吉林省第七次长白山文化研讨会论文集》。

王丽珠：《长白山文化的核心价值》，2012年11月8日《吉林日报》。

沈鹏云：《长白山诗词：长白山文化的精粹》，2012年12月13日《吉林日报》。

张福有：《长白山诗词流派建设刍议》，《中华诗词》2014年第7期。

黄春华：《长白山诗词述论》，《社会科学战线》2015年第6期；《韵补东荒》，吉林文史出版社，2018年3月出版。

这套“长白山诗派丛书”，先由吉林省长白山文化研究会申请了“吉林省扶持优秀文艺作品专项资金”。这是贯彻落实《长白山文化建设规划纲要》和中共吉林省委长白山文化建设工作会议精神的一项实际措施。编辑出版“长白山诗派丛书”，旨在落实习近平新时代中国特色社会主义思想，加强长白山诗词流派建设，传承长白山文化，以诗词的形式弘扬长白山精神，巩固改革开放和文化建设的成果，增强文化自信，增强长白山文化与长白山诗词的生命力、影响力和感染力，以诗纪事，以诗化人，以诗证史，增加学术储备，提升国家和东北边疆软实力。

“长白山诗派丛书”的基本选题，主要围绕：史迹寻踪，关于写东北历史文化、历史事件、文物古迹、已故人物、英烈事迹等作品；情系山河，关于写东北山水、自然风光、冰雪雾凇等作品，酌收向海鹤、东北虎等自然物产作品；城乡焕彩，关于写东北城市建设、工商事业、新兴产业、农村建设、田园风光等作品；风土弥淳，关于东北风土民情、风俗习惯、民间文化等作品。包括松花石、梅花鹿等咏物作品，酌收日常生活、咏物作品；吟旅扬旌，关于长白山文化建设、关东诗阵、诗事活动、诗乡创建、诗友酬唱等作品。

“长白山诗派丛书”的体量，每本收录作品五百至一千五百首不等，视不同作者情况，可上下浮动。数量服从内容的质量。

在编排上，予以灵活处理，由作者自定。可以分类、分词牌等，也可以按时间顺序，亦可分类后仍以时间为序。丛书有总序、总跋，亦可有个序、后记。

在数量上和入选人员上，开始考虑按长白山天池、松花江、鸭绿江、图们江及牡丹江、浑江、东辽河、嫩江等为脉络，列出各水系的三百位诗人。每人一卷，计三百卷。这样做，诗派如流，形象直观。但因进度不一，难以操作。后来，协助时代文艺出版社向中共吉林省委宣传部申报了文化产业专项基金，2018年先出三十卷，以后视情况续出，争取出版一百卷。

编辑、出版“长白山诗派丛书”，前无古人，纯属开创先河。2018年3月15日，我们在吉林省政协同馨宾馆召开了在长会长（扩大）会议，决定正式启动“长白山诗派丛书”编辑工作，成立了编委会，仅在二十天中，就交齐第一批书稿。全部书稿，在6月底前交完，2019年出书。

2017年1月6日，习近平总书记在十八届中央纪委第七次全会上的重要讲话中指出，“依靠文化自信坚定理想信念”，“以文化自信支撑政治定力”。文化自信是文化定力和支撑力的基础。人生和社会，都不能以搞笑为支撑。宋人张耒写过：“支撑诽笑中，久乃化而靡。”至今读来，仍发人深省。文化支撑力是生命的灵魂。我国优秀的传统文化，培育和造就了历代知识分子自强不息的支撑力精神。唐诗中有牛僧孺的“地祇愁垫压，鳌足困支撑”诗句，宋词中有姚勉的“信天生英杰，正为国计；擎天著柱，要自支撑”的词句，元曲中有汪元亨的“梅出脱林逋，菊支撑陶令，鱼成就严陵”的曲句。这种支撑力精神，给我们以极大的鞭策。拙句中有“奥壤不咸名大东，支撑引领构时空”等。蒋力华君亦有“白发山中飘雪，崎岖健足支撑”的词句。时代虽不同，但这种崇尚自重自强、自力自撑的人文精神，是一脉相承的。诗意长白、诗梦长白、诗魂长白的支撑力精神，是一以贯之的。这是真正的洪荒之力！

长白山诗派所面对的，是长白山诗词的昨天、今天和明天。长白山诗派的昨天，应是刘建封所咏：“走过大荒三百里，居然此处有桃源。”长白山诗派的今天，许是拙斋所咏：“浪花不废难淘尽，始信东陲有奥文。”长白山诗派的明天，或是沈兆禔所咏：“莫谓鸡林少竹枝，才人塞上补新词。”

墨西哥人马里奥·谢赫楠有名言：“我们终于有机会面对神秘的过去，仿佛是进入梦一样的境界，一片需要我们去发掘、诠释、赞美和加以保护的活化石。”阿根廷女诗人阿方斯娜·斯托尔妮有名言：“我感到，陌生人，在你的存在里，我被延长。”叙利亚诗人阿多尼斯有名言：

“没有诗的未来是不值得期待的。”从这些来自域外的警言中，我们可获启迪。

今年是公元2018年。从今回溯两千年，是公元18年。《长白山诗词选》中第一位有确切作者名字的诗人是高句丽第二代王琉璃明王类利。他于公元18年辞世，至今正好两千年。类利所作《黄鸟歌》：“翩翩黄鸟，雌雄相依。念我之独，谁其与归。”完全是《诗经》风格的四言诗。这首诗，写于公元前17年，距今已二千零三十五年了。《黄鸟歌》能传下来，堪称奇迹！公元245年，亲征高句丽第十一代王东川王的三国魏将毌丘俭，班师后只写了两句诗《之辽东》：“忧责重山岳，谁能为我檐？”这里的“檐”，是“擔”即“担”。距今一千七百七十三年。收录本丛书的拙卷，约一千五百首诗词中，有四十六首含“忧责”一词，出现频率极高，不少诗友也都随我用过“忧责”一词。概因“忧责”一词被毌丘俭用过后，《后汉书》《晋书》等不时出现，这个古老的词汇并未消亡，表示“沉重的担子和责任”的“忧责”，已经成为长白山诗派中的一个标志性词汇，有其特殊意义。一千四百零六年前，隋炀帝作《纪辽东》，写道：“轻歌凯捷丸都水，归宴洛阳宫。”一千三百七十三年前，唐太宗李世民作《辽城望月》，写道：“驻跸俯丸都，停观妖氛灭。”丸都，是我的故乡。读着写故乡的古典诗词，怎能不动情？从今回溯一千二百五十六年前的公元762年，是诗仙李白辞世之年。李白的《高句丽》《送王孝廉觐省》，成为长白山诗词中的瑰宝。苏东坡的“人参”，陆游的“鸭绿江”，张元幹的“山拥鸡林，江澄鸭绿”，距今均在八九百年之间。从今回溯一千年，是公元1018年。当年，柳永三十八岁。他在《点绛唇·伤感》中写道：“辽鹤归来，故乡多少伤心地。”“辽鹤”，是长白山诗词中的著名典故。至今读来，倍感亲切。故乡情结，古今一也。陆游在诗中所写：“生计且支撑，小康何敢望？”如今，在习近平新时代中国特色社会主义思想指引下，全国全面决胜小康，胜利在即，我们怎能不心潮澎湃！

两千年啊，多么漫长！

两千年啊，又是多么短暂！

在类利、毌丘俭、隋炀帝、唐太宗、李白、柳永、苏东坡、陆游、张元幹、王寂、赵秉文、朱元璋、康熙、乾隆、吴兆骞、吴大澂等诸多先贤的眼里，我辈皆属陌生人。可是，对他们和他们的杰作，我们却并不陌生。所以，今天的诗词，有很多是留给我们的陌生人的。“一百卷前无处找，二千年后有人搜。”“忧责不期当世解，祸患为免后人罹。”对此，我坚信不疑。

文化自信，是一个国家和民族的“魂”与“根”。学诗、写诗，有助于把魂定稳、把根留住。昨天是神秘的。今天是需要很好把握的。明天是值得期待的。愿我们在不懈努力的拼搏奋斗中，使我们所创作的诗词如同长白山的山水林田、沙石草木一样，一起留给未来、留给陌生人。让我们共同期待吧！

“长白山诗派丛书”总序赘语

鸡林得韵纪春秋，底事山翁退不休。
一百卷前无处找，二千年后有人搜。
钻研词谱承杨广，细辨江声禀陆游。
诗境涵生长白梦，草根也为子孙留。

張福有

2018年5月17日于长春养根斋

论关东诗阵的历史性贡献（代序）

关东诗阵成立于2004年9月18日，是由黑龙江省哈尔滨市萧乡诗社首倡的。当日，东北三省部分诗词组织的负责人作为发起单位和发起人，在哈尔滨市呼兰区召开会议，成功组建了关东诗阵。十三年来，关东诗阵在吉林省诗词学会的亲切关怀下，在中华诗词论坛的大力支持下，在诗阵组委会的正确领导下，在各位版主的辛勤努力下，在关东诗阵各位诗友的支持下，同时也在吉林省政府和有关部门和有关地方党委的鼎力支持下，取得了令世人瞩目的成绩。在培养创作人才、继承祖国传统诗词创作、造就长白山诗词流派、丰富长白山文化等方面做出了开创性的、历史性的、不可磨灭的贡献。今天，我们站在时代的高度，对关东诗阵所取得的成就和做出的贡献作以回顾和总结，无疑对关东诗阵的发展以及对长白山文化的促进是大有裨益的。

一、为东北地区培养了一支规模宏大的诗词创作队伍。

关东诗阵成立十三年来，为东北地区培养了一支规模宏大的诗词创作队伍。这支队伍思想素质高，创作能力强，艺术水准突出，可以说，这支队伍在全国都叫得响。这支队伍中，吉林省人数众多，而且各个层次都有分布。悉数起来，有数百人之多。在黑龙江，我所了解的有王卓平、徐景波、张明艳、高志发、姜立凭、甄德茹、黄玉春等。在我们辽宁，经常上关东诗阵的人有杨小源、吴贵卿、贾维姝、刘玮霞、刘文革、术军、王春艳、朱丽萍、孙小轶等十几个人，这些人都通过关东诗阵同关东乃至全国的诗友结下了深厚的友谊。

本人2006年涉足诗词创作，当时还不懂诗词格律。2009年1月9日注册关东诗阵，3月26日被任命为版主。多年来在诗词创作方面取得了一定的进步。可以说，我的成长得益于关东诗阵，是关东诗阵培养了我。所以，我十分感谢关东诗阵领导和版主以及广大诗友对我的哺育、关照和支持。

二、关东诗阵为东北地区诗词创作做了大量组织工作。

关东诗阵成立十三年来，为繁荣东北地区诗词创作做了大量组织工作。一是组织采风活动。目前已经组织开展二十次采风活动，基本上每次都有三省诗人共同参加。二是研讨活动。主要有长白山文化论坛、临江鸭绿江文化研讨会，以及个人专集研讨活动、新书首发座谈活动等，也都有三省诗人参加。三是诗词征集活动，从迎春征贺到四家联唱，再到日常的赠答祝贺，每年都有几十次。四是诗集编辑活动。目前，与关东诗阵有关的书已出版二十八种，其中大部分书收录的作品都是东三省诗人的作品。这其中的组织工作做得严密、周到，诗人们都非常满意。

三、诗词创作硕果累累，为中华诗词繁荣做出了巨大的贡献。

由于采风、研讨、征集等活动绵延不绝，关东诗阵诗人们的创作活动高潮迭起，久盛不衰。集体诗词选集、个人诗词专集如雨后春笋，竞相问世。在网络论坛上，诗阵已发表主题帖十六万多个，评论、讨论帖一百六十二万多个，成为中华诗词论坛的第一大板块。关东诗阵还开展了二十次采风活动，编辑诗集、文集二十八部，征集诗词作品八万多首，这在中国文学发展的历史上，在当代中国文学汹涌澎湃的大潮中，都是极其罕见的。关东诗阵的这些活动以及活动所取得的成果已经被专家学者所肯定，被称为“关东诗阵现象”，可见关东诗阵影响之广泛、意义之深远。

四、关东诗阵促进了长白山诗词流派的形成和发展。

长白山诗词流派，是1998年9月4日由中华诗词学会副会长、《中华诗词》主编杨金亭先生在白山市提出来的。长白山诗词流派，是从历史上白山文学流派析出的一支。

关于诗词流派存在问题，在中国的文学史上，或者说诗词发展史上从来就毫无争议。汉朝末年的“建安风骨”、唐五代末期后蜀的“花间派”、北宋的“江西诗派”、南宋的“江湖派”、清朝的“浙派”、“浙西词派”、“常州词派”、“同光体”，等等，都是诗词史上著名的诗词流派。这些流派有众多的诗人，有代表作品专集，都为祖国的诗词发展传承做出过杰出贡献。

在“五四”运动以后的几十年间里，传统诗词被当做“旧古董”而遭到冷遇，自然不会形成什么流派。进入改革开放的历史新时期后，诗词如枯木逢春，重现生机，三十多年来，诗词创作队伍不断扩大，新作品不断涌现，尤其是有了网络技术的支持，更使诗词创作知识空前普及，创作规模有了突飞猛进的发展。可以说，作为祖国传统文化瑰宝的中华诗词，其发展势头方兴未艾，前景无限美好。但三十年毕竟时间较短，目前在全国其他地方还看不出有诗词流派的形成。但长白山诗派却独树一帜，已初见雏形。为什么这么说？因为长白山诗词流派已经初步具备了诗词流派的要素。正如吉林省诗词学会会长、关东诗阵组委会主任张福有老师所概括的那样，长白山诗词流派的基本特点有一下几个方面：一是有深厚的文化渊源；二是有鲜明的地域特色；三是有稳定的创作队伍；四是有传世的优秀作品；五是有独特的创作风格。当然，一个诗词流派的形成不是一朝一夕就能完成并得到世人认可的，或许需要多少年后才能真正得到肯定。但目前，长白山诗词流派羽翼渐丰，这已是当前全国诗词界不争的事实。关东诗阵在长白山诗词流派形成过程中的作用也已经得到公认。2010年3月21日，杨金亭先生在吉林农安的诗词研讨会上高兴地说：“可以说，长白山诗词流派现在已经初步形成。”

五、为中华诗词事业的繁荣做了大量开创性的工作。

关东诗阵人才济济，在中华诗词走向繁荣的历程中做了大量开创性的工作，主要表现就是《纪辽东》词牌的挖掘、创作，以及其他几个新创词牌的完善、普及、创作等。

《纪辽东》词牌为隋炀帝首创，实为词体的源头，但由于演变错综复杂，没有以原名流传下来。2009年秋，经张福有老师考证整理，最终得以确认，理清了源流，确定了词谱，并得到周笃文教授等专家认可。广大关东诗友竞相献艺，佳作迭出，异彩纷呈。到目前为止，已有全国二十八个省、市、区三百多位诗人创作《纪辽东》四千多首。2011年4月出版了《纪辽东》首卷专集，收录一千八百一十五首，可以说是中国诗词史上的一个具有里程碑意义的大事。除《纪辽东》外，经关东诗阵确认并创作的词牌还有《玉甸凉》《一剪梅引》《海龙吟》等，而且还出版了《海龙吟》专集，收录词作一千二百三十四首。这些作品已经成为长白山诗词流派的标志性作品。

综上所述不难看出，关东诗阵在十三年发展历程中，为中华诗词的繁荣、崛起做出了重要的贡献。恰恰是这些成就，奠定了关东诗阵在中国文学史上地位。

六、关东诗阵现象给我们的几点启示。

纵观关东诗阵十三年发展史，我们会得到诸多启示，主要有：

（一）繁荣地区诗词事业，要有一个坚强领导核心。关东诗阵组委会就是这样的一个核心。这个核心政治素质高，目光敏锐，责任感强烈，而且有人脉，擅于谋划。领导成员自身有较强研究能力、创作能力，表率作用强，在组织诗词创作活动时一呼百应。

（二）繁荣地区诗词事业，要有一个过硬队伍。周笃文教授称关东诗阵诗人为“关东铁军”，说的就是关东诗阵诗人的战斗力。每次采风过后，很短时间内就能创作出数千首诗词；一种新词牌诞生，新作品就会源源涌出；每年迎春征集，旬日之内就有几百首诗词出现，这些，都是关东诗阵战斗力的体现。

（三）繁荣地区诗词事业，要有一个合适的平台。关东诗阵本身就是一个关东诗友纵横驰骋的平台，而诗阵还会不断开拓新的平台。组团采风、论坛研讨、召开发行座谈会、编辑出版诗集，都是极好的平台。在这些平台上，每个人都有大有作为的机会，老一代得到充实提高，新人得到锻炼成长。

（四）繁荣地区诗词事业，要有一面鲜明的旗帜。“以诗证史”就是关东诗阵的旗帜。以诗证史的创作宗旨一经提出，就得到关东诗阵广大诗友的响应和支持。以诗证史是长白山文化核心价值的体现，也是长白山诗词流派落实文艺创作“二为”方向、“三贴近”原则、“双百”方针的具体行动。在以诗证史宗旨的指引下，关东诗友才创作出大批富于时代精神、有感染力的诗词作品来。

以上就关东诗阵的突出成就和历史性贡献做了初步的探讨，这探讨还是十分肤浅的。关东诗阵及作品更深刻的内涵，还有待专家学者进一步研讨挖掘。总之，关东诗阵成立十三年来的创作成果十分宏富，业绩骄人。关东诗阵作品极大地丰富了祖国传统诗词的宝库，是关东诗阵人留给后人的宝贵精神财富。在未来，关东诗阵与长白山诗词流派互相依存，互相促进，必将因续写中华诗词的百年辉煌、千年辉煌而载入史册。随着中华民族实现伟大复兴，中华诗词这一传统文化瑰宝也必将大放异彩，繁荣兴旺，关东诗阵也必将走向新的辉煌！

附记：此文为本人参加吉林省第九次长白山文化研讨会提交的论文。在会上做了交流并被收录到这次会议的论文集中。这次使用时做了部分改动，并更新了有关数字，这些数字截止到2018年3月底。

刘丰田

目 录

卷三 律诗

卷四　词、曲

卷一　古风

端 午

佳节又端阳，喜气盈山乡。
农事暂休作，家家烹调忙。
慢饮雄黄酒，喜品粽叶香。
清水煮鸡蛋，浓汁烩菌汤。
农家女儿美，趁节理红装。
手染指甲红，腕扎彩线长。
老奶手艺巧，剪纸编结忙。
麻帚驱瘟疫，葫芦挂门窗。
爷爷采艾草，踏露上山冈。
蒿插屋檐下，防蚊祛灾殃。
童稚熙熙乐，翁妪健健康。
新颁法定假，旅游走四方。
人本尊民俗，和谐呈吉祥。
复兴指日待，人寿国永昌！

2008年6月15日

夜赏通化县团结广场音乐喷泉记

采风通化身是客，邀赏喷泉伴音乐。
晚风微微天气爽，夜幕初开无星月。
蝲蛄河边人鼎沸，堤有座位均排列。
帅男美女相依偎，白发垂髫熙熙乐。

乐奏一声光影现，泉柱冲天杂颜色。
赤橙黄绿间幽蓝，璀璨夺目惊心魄。
时而红蓝相辉映，时而黄绿相交错。
短暂停留聚斑斓，瞬间缭乱增错愕。
千姿百态尽妖娆，变幻无穷争闪烁。
晶莹冰柱排列齐，次第喷发力不弱。
中有玉树势穿空，无力升天渐回落。
海上帆樯向日升，风中弱柳舞摇曳。
月中仙子争献媚，旋转飘逸情脉脉。
曼妙多时力渐歇，隐约雨花尚明灭。
灯影波光一时息，刹那消失藏片刻。
瞠目犹自向前方，回神始知鼓掌喝。
屏气凝神待下章，回味无穷心默默。
霎时又有歌声起，万千水柱出莫测。
支支乐曲都好听，节奏张弛恰相悦。
序曲初播好日子，茉莉花开情尤切。
希望田野韵悠长，欢快爱听莫扎特。
誉满中外皆名曲，超级享受周身热。
声光结合高科技，最新水平悉检阅。
录影咔咔抢镜头，七彩缤纷一并摄。
灯光渐暗近尾声，观众叫好声热烈。
细察周围皆笑脸，确信此方民安惬。
仲夏河边度良宵，诗情涌动难熄没。
此次东来不虚行，撷韵满怀倾心作。

2008年6月30日

过天华山通天峡记

长白余脉耸天华，山势嵯峨秀色佳。
中有隐秘奇绝处，通天石罅裂悬崖。
仰望峡口深莫测，才登便觉腿筋麻。
渐攀渐高心胆战，想回身时枉嗟呀。
手抓铁环脚登阶，胸贴岩壁匍匐爬。
缩头弓腰屏住气，缓缓移动咬紧牙。
幽暗阴森心忐忑，一步一停抹汗花。
抬望头顶天一线，白云蓝天清晰见。
中有巨石夹双壁，高悬头上似利剑。
心忧险情尽力躲，几步穿过唯一念。
又恐暗穴藏鼠魅，扯我衣衫搔我背。
隙仅容身无处逃，心荡神摇焚五内。
又怕前人力难挨，脱手跌进后人怀。
暗责此行殊大意，逞能冒险确不该。
峡到尽头已无路，并架云梯笔直树。
步步攀上腿已软，汗流浃背喘不住。
三百米过百道关，平生首历此回艰。
走出峡顶眼一亮，头上一片艳阳天。
些些坎坷何足道，览胜还须再加鞭！

2011年10月18日

卷二　绝句、竹枝词

新宾猴石农家小院五首

一

猴石景美火农居，特色烹煎味不虚。
广告木牌安路侧，羊汤豆腐炸河鱼。

二

游山逛景累腰疼，迈进农家汗似蒸。
洗浴冲凉供热水，房头斜立太阳能。

三

白鞋绿裤紫兜兜，里外紧颠忙不休。
看像打工城里妹，中专放假二丫头。

四

苏叶青青黍面黏，多包豆馅特香甜。
三斤吃罢还没够，临走人人送一帘。

五

深沟野谷辟公园，特色农家小院宣。
住宿存车烹美食，月增收入九千元。

2009年8月9日

沈北蒲河新城访友拾句五首

一

退休教授远城居，七里香堤客未虚。
挚友相邀陪伉俪，遥迢云路二时车。

二

远离闹市意何如？一部微机四壁书。
关注和谐天下事，课题研讨胜当初。

三

春来日日把银锄，自垦荒滩种菜蔬。
稼穑岂忧生计事，体勤只为脑心舒。

四

鲜嫩黄瓜任意来，甜浆玉米可心掰。
熟红柿子爽清口，当是春天雨后栽。

五

荷塘清浅锦鳞游，莲叶婷婷蕊态羞。
水鸟惊飞呼侣伴，一双翠羽落沙洲。

2009年8月23日

郊行竹枝五首

一

河畔牛羊觅野蒿，远山如黛染青涛。
时闻悦耳风机响，杨柳梢头炼塔高。

二

信步南行又转东，骄阳似火静无风。
村姑挥汗锄秋菜，腰直时听电话通。

三

秋临溪岸柳丝长，漫步城郊意感凉。
谁甩轻竿惊白鹭，苇丛深处隐渔郎。

四

多咱新铺路一条？村河又造水泥桥。
从前绕道须行远，现在截弯三里遥。

五

公交线路便农家，速去速来商贩夸。
上午才销青玉米，晌歪又卖地香瓜。

2009年8月29日

江源行吟杂咏四首

一

五花霜叶衬红房，山脚平川稻浅黄。
八月乡村姿色俏，一方油画嵌车窗。

二

秋色斑斓望远阿，层层叠彩绘云坡。
痴迷神韵原生态，徒步穿行八里多。

三

激流清澈浅无潮，弦奏叮咚云路遥。
急上山洼观古井，现搬石块作溪桥。

四

清泉一脉贮山腰，清爽甘甜润腑娇。
遥想刘公勘察日，曾凭老井饱春朝。

2009年10月1日

农家婚礼竹枝六首

一

礼花清脆炸山村，小小小丫撒腿奔。
一到上秋多喜事，南街柱子办新婚。

二

新郎潇洒煞精神，原是江湖闯荡人。
深圳广州都去过，打工积下娶妻银。

三

新娘模样俏还羞，杏眼桃腮嘴抹油[1]。
高挑身材腰板直，婚纱更显女风流。

【注释】

①嘴抹油，指涂口红。

四

家住沧州傍运河，打工学艺识情哥。
良缘千里能相会，应谢师娘黑脸婆。

五

改口[1]红包喜接来，赠完礼物饮交杯。
支书讲话真能逗，预祝早生龙凤胎。

【注释】

①改口，婚礼时新人第一次管对方老人叫爸妈，称为“改口”。老人给红包，叫“改口钱”。

六

夫妻对拜进新房，贺客盈门撒喜糖。
盛宴嘉宾三日后，双双出发去南方。

2009年11月9日

做客郊区同学家杂咏五首

一

新房齐整坐林边，杨柳成荫空气鲜。
闲坐炕头闻鸟唱，黄莺时落院门前。

二

窗下黄梨满树头，包心白菜绿油油。
满阶落叶无须扫，客至怡情小院秋。

三

幽静城边小院深，花明柳暗似乡村。
瓦房宽敞容身住，自打机井泉水新。

四

家有群鸡不用看，大门一敞赶前山。
昆虫草籽天然料，产蛋双黄又养颜。

五

一架葡萄一树梨，秋天结果压枝低。
清香甜脆迎宾客，绿色时鲜口感奇。

2009年11月20日

咏东洲竹枝一组四首

一、东洲巨变

卅里东洲锦画廊，无边亮色满城乡。
新区广厦安居了，田野郊原五谷香。

二、山水城市

九沟八岔遍新区，柳暗花明乐有余。
一派祥和春永驻，悦人山水更宜居。

三、棚改新区

栋栋新居矗岭沟，通衢宽畅竞车流。
健身广场人健美，锣鼓秧歌舞彩绸。

四、新屯公园

生态公园景点多，小桥流水泛春波。
如今免费随心逛，造福人民风气和。

2010年1月8日

房身村赏花杂记三首

一

游山赏卉午风轻，岭畔梨花半落英。
几处山家闻犬吠，青松林里野鸡鸣。

二

瓦舍青青傍矮峰，后窗三尺绿荫浓。
小园芍药招蜂蝶，一脉清泉溢井淙。

三

山村初夏正人忙，抢种农时趁土墒。
耕作辛劳谁怕远？田边摩托一排长。

2010年5月23日

千金乡采风拾句五首

一

一出南郊远噪喧，青岑如黛绕家园。
平畴沃野鲜禾茂，低缓山冈果树蕃。

二

青山脚下隐楼房，红瓦钢窗靓一方。
明净无烟真气派，肥牛鲜奶誉城乡。

三

点击荧屏细细观，行情看好快签单。
农家小伙心中喜，仨月雏鸡要出栏。

四

垦荒栽药引财源，汗水浇丰百草园。
绿色银行花不尽，开心还赏鸟声喧。

五

中巴稳稳过城关，十里风光水一湾。
绿野如茵禾稼壮，车流滚滚竞南环。

2010年6月20日

三块石采风短章四首

一、七沟八岔

峰岭逶迤壑似麻，七沟八岔有人家。
归屯去后无人住，遗址犹开四季花。

二、抗联营地

几尺围墙旧宅基，抗联营址草离离。
游人到此心生敬，似见当年举义旗。

三、三块石林海

远望层峦莽翠微，风掀雾幔白云飞。
松涛飒飒春花艳，绿意萦怀撷韵归。

四、山溪

乍入溪山悦好音，湾湾碧水净尘心。
天泉一曲流清韵，亿载长歌不用琴。

2011年5月17日

题铁岭青云山杏花林四首

一

妖娆野杏遍山开，玉蕊冰清不染埃。
香透红尘谁植下？心疑阆苑列仙栽。

二

花枝摇曳一川香，谁扮山村秀彩妆。
百里驱车非不远，欲沾馨气润诗肠。

三

满眼芬芳爱煞人，花期日短盛衰轮。
今来犹见云霞舞，迟赏料应香委尘。

四

身先桃李乱云霓，疑是仙山望眼迷。
幸得游人多不晓，免遭践踏草成蹊。

2016年4月17日

卷三　律诗

闲适次张岳琦先生韵

无忧黑发素丝添，馋有荤腥淡有盐。
漫读武松降恶虎，闲看刘海戏金蟾。
心萦平仄思甘苦，智启儿孙意觉甜。
最喜观光飞胜地，旅途顺利已先占。

2009年3月1日

咏怀次张岳琦先生韵

莫将老拙等微尘，兴赏山光日日新。
有限时空身作客，无边爱恨命由人。
清风明月心头暖，锦字华章笔底贫。
忧乐常关天下事，未期福禄至荣臻。

2009年3月10日

元旦抒怀次张岳琦先生韵

春来冬去一年年，淡定从容耐岁寒。
寡欲无求心可静，迟眠早起梦常安。
未因卸职诗情减，已惯闻鸡月色残。
世事纷纭张慧眼，但持豁达忌悲观。

2010年1月2日

新春怀想次张岳琦先生韵

檐头滴水化琴声，淡淡春光透曲棂。
心底一丝霞沁紫，人间万种韵垂青。
应期黎庶开鸿运，坚信鸡虫有克星。
凡事多从佳处看，厘清烦恼自安宁。

2010年2月11日

新春有怀次张岳琦先生韵

钟声悠远夜无眠，彩袖缤纷舞丽娟。
节日欢欣民乐也，春风和畅众怡然。
尊严树立神威显，国力腾飞绮梦圆。
赖有中枢操舵稳，滔天浊浪化轻烟。

2011年1月27日

贺年有思次张岳琦先生韵

笑对流年世路奇，泰然戒慎得安之。
尘寰放眼骄生害，帷幄攻心险化夷。
后果预知机已占，前车不鉴祸重罹。
但凭众望凝威力，大块欣欣浴赫曦。

2011年12月28日

次韵恭贺张岳琦先生八十华诞

心境平和赖自修，何须耄耋问根由。
宽宏品性温如玉，仁爱情怀善若流。
无悔初衷多有乐，不存杂念少生愁。
韶华百载欣同享，绮梦成真信可求。

2018年3月8日

己丑贺春次养根斋老师韵

一韵吟来众友笺，荧屏下载已成编。
关东沃土耘精品，网络平台结契缘。
情谊绵绵兴代代，心旌猎猎忆年年。
风骚不老千秋事，唱和如风永蔚然。

2009年1月24日

庚寅贺春次养根斋老师韵

道演干支岁在寅，烝民企盼世风新。
蓬门整肃家昌业，海宇澄清政得人。
化育城乡培厚德，充盈财富聚瑰珍。
小康丽景如期现，蝶舞花香四季春。

2010年2月6日

辛卯贺春次养根斋老师韵

新春开泰浴金阳，撷韵裁笺染墨芳。
求索常培吟兴健，推敲永护爱心康。
轻灵文字书诗史，豪迈胸襟谱乐章。
雪伴庚寅辞旧岁，运交辛卯集千祥。

2011年1月27日

壬辰贺春次养根斋老师韵

痴迷平仄感荣光，语爱天然淡淡妆。
近水听涛耽夏丽，登山撷韵品秋芳。
歌行阡陌常丰稔，律颂苍生永瑞祥。
最喜荧屏勤唱和，灵心互动四时康。

2012年1月21日

癸巳贺春次养根斋老师韵

四家联唱墨犹新，再领瑶章激雅人。
塞外晶莹抟瑞雪，江南旖旎共芳春。
如梭度岁钦三友，似箭归程省六亲。
已定政纲孚众望，无忧冷暖乐天真。

2013年2月3日

甲午贺春次养根斋老师韵

雪映桃符岁正寒，瑞盈家国喜眉端。
书山蕴玉随心赏，韵海流金着意看。
操控嫦娥惊月美，剿除社鼠庆邦安。
东风化雨滋鲜蕾，嘉木葱茏拥翠峦。

2014年1月23日

乙未贺春次养根斋老师韵

雪覆尘霾净可嘉，和风款款醉流霞。
新春充溢生财地，好运萦回积善家。
雨露芬芳多结子，城乡锦绣正飞花。
惠民大计亲黎庶，先泽绵延被远涯。

2015年2月11日

丙申贺春次养根斋老师韵

正是春风化雨时，昭苏万物竞先知。
水潆碧浪明如画，岭绽新花绚似诗。
且表深情杯满酒，欲书雅韵墨盈池。
屏前日日神交友，健笔凌云尽可师。

2016年1月24日

丁酉贺春次养根斋老师韵

紫气氤氲聚大东，千人唱和竞题同。
星光璀璨纵横阵，流派丰盈化育功。
盛世终归花漫野，初心永在月行空。
窗前已见春曦露，愿逐祯祥沐惠风。

2017年1月22日

戊戌贺春次养根斋老师韵

雪舞人间又一冬，算来何事不从容？
驱鲸守土谋长策，打虎拍蝇查隐踪。
惠泽尧天千载誉，福彰愿景百年逢。
和风骀荡迎新纪，华夏如磐万里彤。

2018年2月4日

原韵和辛卯开岁诗家联唱

民期盛世仰中枢，道合乾坤太极图。
奔驶征轮云路远，蒸腾旭日瑞门殊。
河山妩媚多芳卉，畎亩葱茏少秽芜。
一展雄风惊海宇，四方颔首赞华都。

2011年2月3日

【题解】

辛卯开岁，有沈鹏、周笃文、张福有、张岳琦四位诗家联袂唱咏，众诗友争和之，成一时诗坛佳话。

元日感怀次壬辰开岁日四家漏夜联句韵

干支代序瞩龙年，纵目风云慨万千。
日迫崦嵫伤霸主，华兴禹甸起雄燕。
旌旗指路民心底，鼓角催人众耳边。
病树前头春烂漫，神舟奋翼博长天。

2012年1月23日

【题解】

壬辰开岁日，沈鹏、周笃文、张福有、张岳琦四位诗家再次漏夜联句唱和，余亦步韵附之。

满　乡　行

归心似箭过山洼，满眼新奇叹物华。
楼宇参差深巷陌，塑棚烂漫绿蔬瓜。
机耕沃野霞铺锦，车越重峦雾佩纱。
遥指当年挥汗处，灼灼园树竞春花。

2006年2月15日

早 春 野 望

岁序春分雪未消，东郊远望意寥寥。
疏林叶净山容瘦，蓬草茎枯土色焦。
雁阵回迁空觅影，溪流解冻缓生潮。
清明日近和风暖，万象应苏大地娇！

2007年3月27日

《长白山诗词》首发拙作感赋

学诗欲扮晚霞红，格律精深探索中。
对仗须工难稳妥，仄平务准尚朦胧。
欣逢旷世骚坛盛，唯恐幽思赋句空。
幸有吟师甘赐教，首刊拙作谢春风。

2007年5月15日

喜读《长白山诗词》感作

白山秀水隽诗刊，百卉园中属大观。
强手如林拥荟萃，神思似瀑漾悲欢。
政商巨子淘金乐，辞赋才人觅句安。
心系和谐开化境，春城雅韵意犹丹。

2007年5月16日

游赫图阿拉老城

峭壁坚垣护帝京，坐凭利器鬼神惊。
八旗草创垂清史，一脉泉开养甲兵。
问鼎中原基业定，寻踪故地彩云横。
游人指点烟霞处，胜境依然瑞气升。

2007年8月24日

采　　蘑

翠岫逶迤雨雾晴，采蘑幽谷踏歌行。
惊呼爽畅森林浴，乐享悠闲鸟雀鸣。
榛菌丛生收袋满，松菇独蘖拾筐盈。
山珍野味天然飨，再启香醪约友烹。

2007年9月30日

喜闻龙凤茨沟南街三期棚改配户

龙凤南街鼓乐喧，新房配户庆回迁。
三期棚改合民意，一曲心歌颂禹天。
广厦连云寒士暖，通衢入市丽人鲜。
和谐社会安居乐，鹤发衰翁舞步翩。

2007年10月20日

秋日郊游夜宿农家小院

岭坳霜枫灿若霞，郊游乘兴宿农家。
笨鸡野菌开锅烂，烧酒鲜啤入口嘉。
睡炕温馨身极畅，铺衾香软梦犹遐。
风清月朗无眠意，起伫东篱伴菊花。

2007年12月20日

抢　　秋

山村习俗抢秋膘，沽酒屠鸡百味调。
野菌煲汤香馥郁，园蔬烩菜色鲜娇。
林收玛瑙金箱满，地献珍珠粟廪饶。
人寿年丰家业旺，舒心更喜免征徭。

2007年12月28日

岁暮偶成

人生无力可回天，旖旎风光又一年。
家国频传新捷报，社区已改旧容颜。
娇孙学业争双百，老汉薪资过两千。
且喜夫妻身体健，粗茶淡饭福绵绵。

2007年12月30日

参加棚户区亲友乔迁庆典后作

岁月缤纷喜事连，邻家摆酒庆乔迁。
穿空爆竹花含笑，滴墨楹联语汇鲜。
未待端杯心已醉，更思创业志尤坚。
安居乐享春风暖，奉献和谐不息肩。

2008年1月5日

岁末回乡偶书

油路轻车迅似飞，又逢岁腊探亲归。
邻兄握手称强健，表妹看腰劝减肥。
白肉血肠滋味正，纯浆米酒曲香微。
情温肺腑心头暖，静夜无眠叙久违。

2008年2月2日

读《抚顺赋》抒怀

钟灵毓秀冠名城，喜赋煤都奋进程。
地蕴能源强国力，水涵福泽惠民生。
烽烟散尽英雄在，事业腾飞壮志萌。
盛誉远扬惊四海，长歌激越见深情。

2008年2月28日

【题解】

《抚顺赋》作者于泉多、杨沛霖，发表于《光明日报》。

春　寒

丹曦和气满，忽发倒春寒。
夜息空调暖，晨兴运动欢。
衣衫因冷换，茶酒待温餐。
慎勿轻颐养，身心保泰安。

2008年3月29日

喜　秋

斑斓四季我怀秋，气爽心舒逸兴遒。
品菊东篱花蕊俏，采榛西岭果仁优。
经霜红叶催遐想，照影清溪叹逝流。
莫怨人生华彩褪，夕阳灿烂暖心洲。

2008年8月10日

游猴石国家森林公园

猿立深山拜月姿，千年幽闭世难知。

游人接踵开光后，信女摩肩礼佛时。
一涧溪清沙石浅，两厢崖峻柏松奇。
半生苦觅桃源景，惊现家乡喜泪滋。

2008年8月27日

和睦国家森林公园纪行

览胜桃源境，山深别有天。
雾流风吹雨，瀑落谷含烟。
古柏苍苍劲，新花郁郁鲜。
流连归驿宿，犹觉梦魂牵。

2008年9月2日

老家二首

一

梦绕魂牵忆老家，深山秀景客争夸。
巾飘岭脚渠流水，雪积峰腰李泛花。
油路新铺车辙没，光纤才架木杆叉。
舒心最属农家汉，巧绣田园似落霞。

二

梦绕魂牵忆老家，田间乐事莳桑麻。
东园草药秧培土，南圃松菇菌吐芽。
地膜保稳莓坐果，塑棚采暖杏开花。
人勤更在经营巧，反季行高售果瓜。

2008年9月9日

读《关东诗阵》兼贺吉林诗词学会代表大会

花甲吟哦自乐天，未谙平仄怯心悬。
网搜诗阵掊珠玉，性爱词林淬火烟。
融汇金声丰气韵，和谐意境秀山川。
关东处处听高咏，学步操筝幸和弦。

2008年10月16日

游雷锋烈士陵园瞻雷锋纪念馆

陵园肃穆敬心敦，烈士长眠浩气存。
展馆巍峨钦事迹，浮雕鲜活立乾坤。
已彰民族千年德，又铸中华几代魂。
游客慕名身受教，更传薪火遍城村。

2008年11月30日

退　休

一路春风喜退休，半生奋斗笑回眸。
循规尽职精求益，敬业专心贵创优。
名列高知薪可慰，权充副处利无谋。
晚晴明媚先忧乐，诗酒芬芳雅兴遒。

2008年12月11日

咏达子香花

崖头未绿雪才消，争浴金阳秀蕾条。
悄染和风吹碧野，急催沃土绽新苗。
红霞披锦千山妩，翠叶抽芽众岭娇。
万象生机添异彩，身归大地汇春潮。

2008年12月17日

注册《关东诗阵》喜作[①]

关东诗阵树旗红，有幸加盟队列雄。
鉴赏佳音研隽意，交流精品悟真功。
柔情不写毫分假，善感毋吟半句空。
何惜一腔绵薄力，妍山秀水浴唐风。

2009年1月9日

【注释】

①我于2009年1月9日注册关东诗阵。同年3月26日被聘为版主。

咏《关东诗阵》

泱泱诗阵列关东，烂漫繁花艺苑红。
黑水汤汤流泽远，白山莽莽汇涛雄。
谐声咏唱吟坛壮，雅韵推敲网络通。
现代高科联广宇，弘扬国粹势隆隆。

2009年1月9日

谢关东诗友

初登诗阵众星迎，问候由衷宠若惊。
版主评笺言中的，教师发帖语怀情。
切磋音韵新知晓，指点瑕疵俗眼明。
相见恨迟心激动，铿锵万里乐追行。

2009年1月9日

原玉和养根斋老师为诗友贺年

甲子欣逢本历年，幸参诗社庆吟缘。

关东盛事呈琼雅，漠北繁花绣锦笺。
国粹弘扬风未艾，神山赞颂韵成编。
心牵网络期宏愿，同贺尧天兴自然。

2009年1月21日

社　区

芳香馥郁暖风熏，棚改街区喜气芬。
僻巷楼高人俊俏，脏沟水澈众欢欣。
栽花护绿翁姑巧，助寡怜贫姐妹勤。
昨日邻家闻唢呐，打工小伙庆新婚。

2009年1月21日

雪　城

风卷梨花洒市陬，雪城不减绿城幽。
银装洁净澄湖媚，玉体晶莹嫩柳羞。
少女纱巾鲜耀眼，健翁羽袄色风流。
生机勃勃增灵动，踏赏园林竞出游。

2009年1月24日

观看“激情东洲”演出感作

辞旧迎新序鼠牛，翩跹歌舞颂东洲。
轻松小品开怀乐，婉转高音悦耳悠。
欢快气氛人共贺，铿锵节奏曲如流。
和谐大计齐心构，情激阳春染醉眸。

2009年1月31日

年　景

岁辞玉鼠迓金牛，绿女红男乐兴遒。
小伙新婚迎美妇，老翁棚改上高楼。
长街纵目纱灯亮，闹市摩肩彩袖稠。
瑞世年关多一景，荧屏大腕展歌喉。

2009年2月1日

观看东洲区迎新春秧歌大赛

欢歌催唢呐，彩扇舞花绸。
锣鼓惊天响，粉腮香汗流。
乖妞装玉兔，小伙扮金牛。
喜气盈街市，承平岁月悠。

2009年2月8日

次养根斋老师韵贺《长白山池南撷韵》出版发行

千年韵史笔能开，一代诗豪雅聚来。
溯本寻源诚敬也，敲音审律亦优哉。
心牵塞北遥天地，意骋池南大舞台。
宏卷编成彰士气，万方骚客擞新垓。

2009年3月8日

咏《长白山池南撷韵》

卷帙恢宏意感沉，皆因编著沸情斟。
铅书彩影图文茂，铁律华章谊义深。
事业无双昭赤胆，天人合一耿丹心。
流传千古芳名远，韵史铿锵激大音！

2009年3月22日

次高丰清兄韵赞关东诗阵众诗友

胸怀大雅挂征帆，仰慕关东气不凡。
携手池南张艺帜，和衷塞北领诗衔。
但依韵险随心赋，未以才庸任意芟。
已汇涓埃耘沃土，奚知汗水味甜咸。

2009年3月24日

【题解】

高丰清，网名月高风清，原籍北京市，吉林诗人，曾任关东诗阵管理员。有诗集《桑柘集》行世。

次耐寂轩主韵咏刘建封踏查长白山

边疆万里祖先开，勘察辽东使者来。
露宿风餐怀重任，眼观手记仗雄才。
宣威大国功当世，树绩丰碑业远垓。
不是后人齐续韵，英名许使没荒莱。

2009年3月30日

【题解】

耐寂轩主，本名翟志国，中华诗词论坛·关东诗阵首版。2014年7月29日因病去世。有诗集《耐寂轩诗存》行世。

农　家　乐

及时春雨及时耕，破土秧苗嫩叶萌。
十亩坡田无课税，一园鲜韭有收成。
自烧米酒天天品，家养池鱼顿顿烹。
绕膝儿孙知孝敬，人伦尽享寿今生。

2009年4月19日

次养根斋老师韵贺公主岭市创建诗词之乡

吟鞭唱彻小康乡，律动吟坛汇乐章。
沃土涌金丰社稷，荧屏叠彩颂虞唐。
天浇雨露三农富，地沐阳光百卉芳。
雅教诗书传世泽，关东铃阵韵绵长。

2009年6月3日

信州古城遗址遐想

依稀故址辨长方，遍地嘉禾树作墙。
哪是当年歌舞地？怎寻昔日演兵场？
烽烟散尽真容现，史册重光胜迹藏。
料想繁华街巷在，书声琅琅颂诗乡。

2009年6月15日

【题解】

2009年6月12日至14日，参加关东诗阵赴公主岭市采风活动，有八首采风作品被收录《公主岭风韵》一书中。

问心碑前

先贤自省后人钦，我到亭前亦问心。
政建守边严法度，名留怀德立言箴。

常思已过烦忧少，今见公明感慨深。
幸得此碑形影伴，风涛万里厄难侵。

2009年6月15日

赞大泉源酒

醇香一脉酿高粱，誉满关东史韵长。
结义金兰扬浩气，钟情玉液润柔肠。
国盈瑞象千家醉，世浴和风万户祥。
经典宝泉星灿灿，百年酒海贮辉煌！

2009年6月17日

游营口西炮台

战垒巍然护国门，纷飞弹雨寇销魂。
一腔怒火彤云冷，万顷惊涛碧血温。
宝贵筹谋惊敌胆[1]，世昌殉难报民恩[2]。
时时唤起游人愤，犹见当年浩气存。

2009年7月14日

【注释】

①左宝贵，清军将领，炮台建设者之一。
②邓世昌，甲午海战致远舰管带，甲午海战中以身殉国。

次吴禄贞韵纪念成边楼落成百年

边城僻巷耸名楼，帷幄筹谋史册收。
卫土砺兵辉域壤，巡疆策马傲王侯。
烽烟消散军民喜，锁钥闩牢鬼虏愁。
选将任贤封界固，居安不忘警钟悠。

2009年7月19日

游大伙房水库养殖场

周末双休返自然，一家三代聚湖边。
烟波深处桃源静，云雾林中氧气鲜。
玉照多姿存数码，野餐随意袅溪烟。
心灵暂憩红尘远，夕赏飞霞彩满天。

2009年7月27日

听小区广场民乐队演出

拨弦吹管木琴操，开幕先弹步步高。
乐曲含情音婉转，掌声致礼意辛劳。
红歌悦耳心潮沸，劲舞炫睛气势豪。
丝竹悠悠驱暑热，小区炎夏乐陶陶。

2009年8月3日

观赏广清兄菜园[①]

退休教授隐城西，自垦荒滩碧菜畦。
架豆花繁青角密，茼蒿秆壮嫩秧萋。
锄禾正午身流汗，灌水清晨腿带泥。
恬淡无忧家国事，只缘心在武陵溪。

2009年8月21日

【注释】

①广清，田广清，辽宁新宾县人，高中同学，有著作多部，其《中国领导思想史》一书被多所大学选为教材。

关东诗阵成立五周年感作

诗旅旗张五色旄，荧屏陷阵尽英豪。
茅庐初出知平仄，门户终开学雅骚。
一代新花争艳丽，几株劲柏付辛劳。
朔方沃野群星灿，驰骋吟坛乐我曹。

2009年9月9日

江 源 行 吟

白山腹地蕴江源，毓秀钟灵物产繁。
陶土珍雕形百体，松花宝砚笔千言。

荡平岭上碑文老，曹氏沟前石记温。
秋色益增边地媚，情浓桑梓建家园。

2009年10月1日

【题解】

2009年9月28日至30日，参加关东诗阵赴白山市江源区采风活动。有二十三首采风作品被收入《江源毓秀》一书中。

读《荡平岭碑记》

老岭双碑立大东，荡平险峻记丰功。
封疆设治忧山阻，固土防夷喜路通。
数月披榛群役勇，一朝并辔万夫雄。
煌煌业绩瞻青史，幸识镌文谢福公。

2009年10月4日

【题解】

荡平岭位于吉林省白山市江源与临江分界处的大石棚子乡老岭村，距白山市城区四十公里。岭顶立石碑两通，是光绪三十四年(1908年)清政府为纪念奉长路竣工而立。两块石碑均有碑额、碑身和碑座，碑额上雕有双龙图案，中间镌刻“皇清”二字，碑的阴阳两面刻有楷书碑文，字迹清晰可辨。老岭石碑是研究白山市历史的实物见证。《荡平岭碑记》是吉林文史学者张福有（养根斋）斠释此二通碑文的著作。

咏《曹家沟纪略》刊石

嘉文刻石法从严，热土乡村亮景添。
晓义曹家铭史志，访贤团队献心签。
前人勘路今人继，当代镌碑后代瞻。
纪略馨香传世永，昌明雅运不须占。

2009年10月6日

【题解】

曹家沟在吉林省白山市江源区三岔子林子头村，因有曹姓山民世居于此而得名。清光绪三十四年五月二十九日，（1908年7月2日）早上，时任奉天候补知县、奉吉勘界委员的刘建封在踏查长白山途中，在曹家用过早饭。2008年，在吉林省长白山文化研究会组织开展的“纪念刘建封踏查长白山一百周年”活动中，养根斋以此为史实，撰写了《曹家沟纪略》一文并刻石立于曹家沟沟口。

曹家老井

荒沟草树隐人家，石井无栏小路斜。
散尽烟岚泉尚在，历经风雨世堪嗟。
难寻旧址茅庐没，却见青禾垄畔遮。
再过百年谁勘史，清溪依旧映山花。

2009年10月16日

【题解】

在曹家旧宅右前方山腰处，有一股清泉流出，曹家掘而为井，供生存之用。井深仅二尺余，清澈见底，长流不竭。虽历经百年，犹甘甜可口，饮后令人倍感清爽。

白　云　峰

巍峨秀逸一山崇，神韵娇姿映碧空。
拔地参天雕蜡象，堆银砌玉塑冰宫。
梦驰奥壤心飞渡，志探蛮荒路已通。
风采迷人惊世界，仙娥展袖舞霓虹。

2009年10月18日

参加《公主岭风韵》首发式感作

岭城翰墨集瑶章，春种秋收沁土芳。
序列三编开韵史，笺题千首颂诗乡。
煌煌巨帙新名片，济济贤才多栋梁。
异彩风流铭岁月，响铃助阵伴康庄。

2009年10月21日

加入关东诗阵一周年感赋

注册关东赏大观，珠宫贝海地天宽。
采风凤岭青山翠，撷韵江源碧水寒。
作品选登书七部，发言见报网三刊。
收藏记忆知宏富，佳构如霞秀色餐。

2009年12月28日

杨靖宇将军殉国七十周年祭

铁骨铮铮浩气扬，白山黑水较兵场。
霜林雪野当营地，棉絮草根充食粮。
土炮隆隆奸胆碎，大刀闪闪寇心凉。
硝烟沉寂英名永，碧血忠魂动上苍。

2010年1月17日

次养根斋老师韵乡村过大年

映雪窗花喜庆寅，红颜白发彩衣新。
宫灯照亮千家院，锣鼓欢欣百岁人。
米酒香浓杯杓满，亲情淳厚女儿珍。
惠农文件排头号，善政风催沃野春。

2010年2月10日

领老年证感怀

以民为本敬吾耆，喜证升平感遇时。
眼底风云关国运，囊中薪水记民脂。
浮华不慕常思俭，平仄勤调老有为。
余热增辉春意暖，怯招人责愧须眉。

2010年3月1日

加入中华诗词学会有作

唐音宋韵振嘤鸣，百万诗迷奋笔耕。
铁律腔圆钦老凤，瑶章玉润继雏莺。
缘催艺苑芳菲丽，意感心灵翰墨精。
粘对多姿耆岁乐，也栽红绿绘春荣。

2010年3月4日

读《江源毓秀》再忆采风之旅

采风九月律初成，捧卷回眸百感生。
一路间关听鸟语，千山绚烂激诗情。
推敲恰切雕词丽，考辨深微用典精。
应喜瑶编丰艺脉，白山文化更充盈。

2010年3月14日

题张鼓峰事件战地展览馆

依旧青峦亘远东，至今犹忆炮声隆。
汹汹帝国行豺虎，瑟瑟膏旗染血风。
忍虏操戈缘势弱，扬眉亮剑信旌红。
常铭奇耻扪心问，励建兴华百代功。

2010年3月30日

纪念图们江恢复通航二十周年

日俄不义锁金瓯，割地封江海运愁。
商旅失魂惊战火，帆樯折戟葬渔舟。
茫茫浪涌铭心恨，漠漠烟浮绝世羞。
廿载通航强国势，东风着意富边州。

2010年3月30日

周日参加暴走活动写怀

梨花又绽一年新，绿满郊原泛碧茵。
行远不辞山路仄，登高得助友情亲。
欲强筋骨勤流汗，为塑形骸重养神。
十里风光殊快意，自然淑气畅心身。

2010年5月6日

再咏问心碑

善政常期吏治清，箴传千古勉遵行。
修身用世黎民颂，枉法谋私社稷倾。
遏制邪风归众意，弘扬正气振官声。
心碑稳在心头立，矢志勤廉百业亨。

2010年6月25日

问心碑前感思

碑前伫立每凝神，责在肩头似万钧。
只许建功承烈士，毋因失德愧生民。
循规拒腐能祛病，自律防微不染尘。
应谢先贤施教诲，镌铭句句足当珍。

2010年6月26日

大龙湾游感

百万余年蓄碧湫，四围无处觅源流。
清波不溢寒温爽，巨浸能调旱涝休。
雾霭氤氲祥鸟集，湖光潋滟丽人游。
心迷澄澈原生态，更羡龙湾一叶舟。

2010年7月11日

【题解】

2010年7月3日至6日，参加关东诗阵赴辉南采风活动。有十八首作品被收入《当代诗人咏辉南》一书中。

龙 湾 道 中

细雨蒙蒙过栈桥，冈峦滴翠野花娇。
衣衫未湿森林浴，琴瑟谁弹响水谣。
路转峰回晴不暇，云飞雷隐兴还饶。
只今一段山阴道，直使凡心块垒消。

2010年7月14日

次养根斋老师韵贺长白山文化研究会成立十周年

十载华龄正盛年，回眸硕果总怡然。
编文斗室奇思汇，撷韵神山赤日煎。
勇拓禁区乘世势，新颁决策利陲边。
丹心不倦肩殊任，白发催人快举鞭。

2010年7月17日

参加农安巴吉垒镇赛诗大会感赋

文化基因历久传，诗农一代胜先贤。
由衷吐句歌乡土，引兴成章颂禹天。
茧手勤书锄作笔，锦心巧绘地为笺。
登场赛罢精神抖，勉力耕耘旺韵田。

2010年9月30日

波 罗 湖

笸箩湿地水云乡，百里烟波势浩茫。
一望蒹葭翻碧浪，连丛刺蓟绽馨香。
孤舟泊岸渠清浅，白鹭飞天翼爽凉。
把酒高歌融画卷，远山如黛沐斜阳。

2010年9月30日

捧读《中华诗词文库·辽宁诗词卷》

甲子回眸萃一编，瑰珍盈卷漫云烟。
抒怀寄意题材广，咏史歌今语汇鲜。
韵海风流骋耆宿，吟坛火爆励青贤。
辽天雅律开新运，更赋沧桑锦绣篇。

2010年10月23日

车过枫叶岭远眺

车行峻岭望秋乡，秀色斑斓画卷长。
雨润鲜蔬凝翠绿，风翻熟稻荡金黄。
山头枫叶经霜艳，崖畔松姿浴日苍。
红瓦白墙村舍近，家家打豆趁晴光。

2010年10月26日

贺抚顺煤精琥珀博物馆开馆

亿万光阴造化奇，煤精琥珀世间稀。
姿容乍现人初爱①，声誉高扬世所知。
技胜天工雕逸品，名传艺界鉴珍玑。
收藏博物随心愿，功在千秋信不疑。

2010年10月31日

【注释】

①人初爱，沈阳新乐遗址曾出土了由抚顺煤精雕刻而成的装饰物，据考证已有七千年的历史。

欣闻吉林省颁布《长白山文化建设规划纲要》有感次养根斋老师韵

大略恢宏激创新，十年求索业骄人。
艺精自许襟怀博，情挚何忧语汇贫。
遍踏千山多撷韵，勤培百卉不留榛。
旗开流派风云汇，一脉传承贵守真。

2010年11月4日

冬　日

保暖新衣雪后加，心清时品一杯茶。
隔窗远眺寒烟淡，出屋方知冷气邪。
闲理书橱分卷册，痴迷古曲点琵琶。
偶来灵感敲平仄，咏罢亲情咏岁华。

2010年11月9日

自　遣

欣然卸职去春初，气定神和意自舒。
心态平衡无怅惘，目标调整未踌躇。
晴空雾霭窗前雨，白日荧屏夜里书。
不废吟哦敲丽句，诗家风雅竟相如。

2010年11月17日

秋　山

渐入重峦一径弯，绝佳风物半阑珊。
枫林叶落霜花老，田野禾收草舍闲。
碧霭久萦云漠漠，清溪时汇曲潺潺。
秋深不减游人趣，雅兴翩翩撷韵还。

2010年11月19日

冬　炼

未湎幽居细品茶，健身午后日初斜。
增强耐力尝舒爽，练就功夫止痛麻。
漫赏园林疏草木，时登坡岭远人家。
夕阳脉脉阴云暗，缓步归来踏雪花。

2010年11月21日

贺东洲区诗词学会成立

莫道寒潮肆虐流，芬芳春韵满东洲。
社区情暖融冰雪，村组人勤秀岭沟。
古调吟哦山靓美，新词传诵水温柔。
宜居街市文明汇，精彩蓝图着意讴。

2010年12月25日

纪念雷锋同志诞辰七十周年

景仰英灵庆古稀，鲜花白雪蕴依依。
平凡事迹高千载，短暂青春伟万机。
诚意爱民无己念，丹心报国一戎衣。
人生树楷光辉在，华夏和谐永世祈。

2010年12月26日

广润门遗址

通衢宽畅任驰奔，闹市谁知广润门？
惯见明金催戍鼓，曾惊俄日丧幽魂。
烽烟销尽江山丽，史迹遗留岁月温。
回望街头云汉里，摩天巨厦此为根。

2010年12月27日

【题解】

抚顺城最早修建于明初（1384年），明末毁于战火。清乾隆四十三年（1778年）重修，设北门为广润门，1905年毁于日俄战争。2010年城建部门在施工中发现广润门墙基遗址，并刻石以标记之。

元 旦 纪 事

呼啸寒潮叠不休，茶香室暖复何求。
临屏点击关心事，上灶烹调可口馐。
病体渐舒贫亦乐，鲜蔬已贱困无忧。
吟哦幸有方家赏，诗谊绵绵喜唱酬。

2011年1月1日

咏　雪

万里冰封影未收，只缘西北起寒流。
晶莹品格多怀玉，儒雅风姿罕与俦。
曼舞琼花飞世界，难醒绮梦幻春秋。
此身愿化千千态，洒落田畴润不休。

2011年1月7日

偶　书

幽居闹市一闲人，无价光阴属自身。
网络常牵天下友，社区勤访巷中邻。
深冬雪厚绒衣暖，炎夏风凉竹席亲。
吐纳常行千百步，粗茶淡饭味津津。

2011年1月8日

咏松花石

惊叹苍天造化功，松花灵韵辟鸿蒙。
斑斓色泽烟霞聚，淡定风姿岁月融。
已自生成能肖物，无须磨琢巧添工。
形神飞动心生相，因势斟名激赏中。

2011年1月10日

贺《抚顺诗词》创刊号问世

唐音宋韵律千年，结集煤城并雪妍。
一代骚人挥彩笔，百家吟客绘瑶笺。
红诗励志诚为本，佳句铭心善作田。
底蕴如今增亮色，文明蔚起继绵绵。

2011年1月24日

做客棚改新区有作

巍然广厦焕桃符，粉壁高悬福寿图。
窗幔垂遮花色暖，家筵料理味香殊。
池塘清澈围斜径，草树葱茏拓杂芜。
白发姨娘谈往事，笑谈昔日老煤都。

2011年2月16日

应聘参与关心下一代工作感赋[1]

十年树木百年人，余热源源献爱真。
性养刚强身自健，知求宏富品能纯。
拳拳教诲凭心暖，切切叮咛寄语珍。
但得新苗生茁壮，晚霞明丽焕青春。

2011年3月30日

【题解】

①本人2011年初被聘任为东洲区关心下一代工作委员会副主任，至今。

参加区老年合唱团有作

白发歌星聚一台，放讴运气笑肌开。
齐吟乐调娇莺啭，领诵诗词响鼓擂。
缕缕深情增岁月，般般俗虑等尘埃。
膛音洪亮清心肺，吐纳方知是咏才。

2011年3月31日

庆祝中国共产党成立九十周年

生灵水火夜沉沉，一线霞光破晓阴。
志撼三山民做主，邦交四海友知音。
虫蛇匿迹归尘穴，草木承恩谢雨心。
唯戒骄奢谋众益，旌飘万代厄难侵。

2011年3月31日

人　心

疆场陷阵未留名，碧血长滋草木生。
肝胆励人书里见，音容托母梦中萦。
颂歌每自灵台咏，热泪难为野圹倾。
忠骨今归陵壤祭，有花有酒过清明。

2011年4月9日

【题解】

辛卯清明节期间，闻全国多个地方把散葬的烈士遗骸归葬烈士陵园，其中有不少是无名烈士。

贺东辽河诗社成立兼寄高丰清兄次高兄原韵

撷韵调声日夜兼，逸情和悦性灵添。
奔腾辽水流芳野，骀荡春风透锦帘。
刚本坚牢心地厚，柔能温婉墨毫纤，
吟坛又树旌麾艳，劲旅威名另眼瞻。

2011年4月30日

瞻仰三块石抗联营地遗址有思

营扎深山伴虎罴，艰危卓绝抗东夷。
炕铺茅草当衾暖，灶息柴烟忍腹饥。

捷报飞来民鼓舞，羽旌指处寇支离。
丛林肃立花环绕，大厦煌煌此肇基。

2011年5月15日

白龙潭景区记游

五月山初绿，林阴野径旋。
激流冲卧石，深涧响 飞泉。
水冷鱼虾绝，溪清草树鲜。
杂花香沁腑，贪景意留连。

2011年5月14日

佟　庄　子

昔日农家峪，佟庄景物殊。
长街排广告，小院造香厨。
绿地铺芳草，广场栽秀梧。
旅游兴富业，乡野嵌明珠。

2011年5月15日

游大连夏家河海滨公园

海滨春后媚，旖旎夏家河。
碧浪推层雪，金沙筑远坡。
嗅花香沁烈，踏草色柔和。
丽景留心底，萦怀此处多。

2011年6月6日

次韵谢养根斋老师抚顺送《纪辽东》

斋师雅望久倾城，恭耳欣聆掷地声。
塞北诗坛威列阵，中华吟旅势连营。
千年豆谷长濡笔，一字丸都勇正名。
情纪辽东心血沸，翩翩步履拥霓旌。

2011年6月11日

次养根斋老师韵贺“诗人走近通化县”采风活动圆满成功

木底山河与日新，政通德化业骄人。
城乡奕奕恒多彩，少长彬彬皆有伦。
碧水星临开叠影，长空雨霁绝纤尘。
淋漓兴会添风雅，铸就文明两不贫。

2011年6月21日

【题解】

2011年6月17日至19日，参加关东诗阵赴通化县采风活动，有二十七首采风作品被收入《茂山集韵》一书中。

东洲小甲邦遗址拾得汉瓦

觅考当年旧汉营，出泥残片默无声。
绳纹缠绕麻丝密，布理横斜线缕清。
青草离离封古郡，红花灼灼秀新城。
沧桑野史谁求证，心慕名师伴雨行。

2011年6月30日

夜游抚顺人民广场

璀璨华灯夜色凉，浑河舞浪庆新装。
惠风和畅天行健，瑞霭氤氲国兆强。
三夏清荷飘馥郁，九秋丹桂蕴芬芳。
笙歌雅乐亲民意，献首红诗祝顺祥。

2011年7月2日

咏抚顺人民广场关东风情铜模画

关东风韵铸铜模，意象瑰奇巧构图。
已证民康勋业顺，还期景泰满乡殊。
人和但使黎民庆，地利能祛百害无。
细节虽微涵气象，怀柔聚力仰星枢。

2011年7月2日

次养根斋老师韵贺《长白山诗词》发行百期

精编百卷庆遐期，时代潮头折桂旗。
化育人文滋沃土，承传流派固鸿基。
绮思汇聚缤纷景，大雅刊行绝妙棋。
诗阵雄威催号角，吟旌漫舞不须疑。

2011年7月20日

回 乡 偶 书

中元回故里，碧野润诗肠。
近水柔风爽，入林郁气香。
绿禾丰有望，青果涩能尝。
岭脚添新景，谁家靓瓦房？

2011年8月14日

郊行偶书

偕侣行阡陌，川原似画图。
桑麻铺碧毯，鹅鸭戏青湖。
水草池中绿，篱花叶底朱。
农家光景美，小曲唱村姑。

2011年8月15日

百年部落篝火晚会

边塞风情犷，熊熊篝火烧。
翩翩长鼓舞，款款橘根谣。
身段姿柔媚，歌喉韵美嘹。
东疆风景线，朝族女儿娇。

2011年8月28日

【题解】

2011年8月18日至22日，赴吉林图们市参加《图们江放歌》首发式并前往珲春市采风。有十八首采风作品被收入《森林山文苑》《延边礼赞》《珲春韵汇》三部诗集中。

观赏图们江奇石馆

图水流千古，斑斓奇石存。
波涛雕怪状，日月塑精魂。
装点心灵美，熏陶本色温。
静思勤体悟，智慧早生根。

2011年8月28日

百年部落漫笔

感世沧桑意绪飞，百年犹立草庐稀。
墙围石碾增游趣，树绕葫芦绽绿机。
几代天伦情洽洽，一生心侣爱依依。
如烟往事唯存梦，部落重逢沐晓晖。

2011年8月28日

防川抒怀

登楼四望意迷茫，如砥平畴属旧邦。
指认江村禁眼涩，隔离海角忍心伤。
金瓯破碎应能补，铁网坚牢岂可防？
世势轮回期雪耻，旌旗猎猎树东疆。

2011年9月4日

游铁刹山

云深未惧险途遐，古洞清幽访道家。
九顶灵光昭日月，一川甘雨润桑麻。
仙班已列封神殿，法宝初征济汉槎。
始信无为真益训，些些名利等尘沙。

2011年9月7日

本溪水洞记游

岭腹幽深曲若肠，清流载艇绕回廊。
天生钟乳姿神妙，地设仙宫气爽凉。
出入身经三界逸，流连心惬四时康。
燕东胜境迷游友，日日溪头客队长。

2011年9月7日

次养根斋老师韵贺中华诗词研究院成立

八方谐咏律音同，摇曳灵思沐雅风。
寄意遥深诚善感，塑魂高洁自清衷。
纷纭世态藏心底，疾苦民生入梦中。
莫道吟哦儒子事，盛衰应许记丰功。

2011年9月11日

瞻仰天华山抗联营地石屋

不顾安危矢志殊，抗联营地石为庐。
无窗岂可遮风雨，有水难能造饭厨。
警讯频传迎曙色，义旗高举踏征途。
游人到此生崇敬，肃立常思创业初。

2011年10月10日

养根斋老师考察铁背山山城次韵有寄

辽水汤汤铁背寒，百城踏察继征鞍。
无船可渡须行远，有道能通即觉欢。
败垒依稀塞烟散，颓垣迤逦岁华刊。
计程紧迫失交臂，频向东岑翘首看。

2011年10月30日

【题解】

2011年10月21日，养根斋老师一行考察抚顺铁背山山城。因旅游季节已过，从元帅林无船渡河，遂绕道几十里，经南杂木下洼子沿浑河南岸走村路步行登山。下山时已是晚上六点多了。因时间仓促未能陪同，甚为遗憾。浑河又称小辽水。

岁杪有怀

年终回望检功夫，思绪纷纭理杂芜。
心地平和时见躁，诗笺晓畅偶教殊。
但求贵品人方聚，谁信浮名誉可沽。
久羡天华枫叶绚，采风归去染衣朱。

2011年12月7日

岁晚感作

岁月因人爱恨殊，寸阴是竞乃英儒。
少违众意情尤重，善省吾身德不孤。
养性唯须抛桎梏，理财何必较锱铢。
承平无事心恬淡，偶或吟哦句不枯。

2011年12月8日

假日探亲过新宾网户东沟

腊八逢元日，探亲过岭东。
房新知运旺，廪密看年丰。
眼底村容净，心头诗意充。
城居浮躁气，到此顿清空。

2012年1月2日

登九门口长城抒怀

九门锁钥镇雄关，扼势封疆拒敌顽。
社稷衰微空陷阵，藩垣耸固恨丢闩。
应纾国难轻卿命，不念君恩重玉颜。
终使清廷成一统，长城未隔汉江山。

2012年1月16日

铁岭新城杂咏四首

一

梭塔凌霄汉，新城耸地标。
银弦犹可拨，天籁似能调。
承载千钧重，交通万里遥。
小康加速度，聚力铸金桥。

二

福地明珠润，凤冠集翠烟。
嘤鸣飞鸟唱，葳蕤发花鲜。
临水人和悦，依山景自然。
园林生态美，游客笑容妍。

三

朱雀呈兴旺，天人合一心。
玉台明瑞兆，绿岛布甘霖。
遐迩闻名久，方圆寓意深。
腾飞应有日，翘首待佳音。

四

天水清流澈，蓝绸串碧珠。
仙人飘彩带，玉液注平湖。
伫岸心灵动，行舟浪复苏。
七桥通画卷，阔步踏新途。

2012年1月24日

绥中妙峰寺双塔

双塔东西对，从容向远天。
须弥基座稳，舍利佛心坚。
香火随年爇，铭文证史迁。
当年繁盛地，野陌布苍烟。

2012年2月12日

绥中谒秦宫遗址

瑞州观碣石，寻址访秦宫。
柱础排齐整，台基显贵崇。
威仪凭揣想，霸业已消融。
白草摇荒苑，萧萧沐海风。

2012年2月12日

次韵贺养根斋老师受聘吉林省文史馆馆员

四家联唱振余音，受聘尤怀赤子心。
玄菟百城铭汉史，辽东一阕壮词林。
心关劲旅常临阵，业树名山继踏岑。
耿耿不渝彰学派，高风郁郁比松森。

2012年2月17日

清 柳 条 边

位登大宝肇关东，祖脉森严护卫崇。
插柳结绳千里翠，掘壕禁地百门雄。
柔条能使山河固，深堑难分满汉通。
烟霭一川禾稼茂，苍山如海夕阳红。

2012年2月22日

明　长　城

辽东岿要塞，卫戍有长城。
夯土坚而密，筑墙高又平。
敌台燃火旺，关隘驻兵精。
天道终难继，八旗承运生。

2012年2月22日

汉 代 列 燧

汉帝宣威烈，开疆拓远征。
烽台十余座，军阵两三层。
警报须臾至，狼烟刹那升。
苦心营武备，玄菟岁时澄。

2012年2月22日

延边设州六十年有贺次养根斋老师韵

久怀向往唱延边，甲子轮回大有年。
乐舞时旋昭盛代，山河重整绣金川。
千村同俗齐声庆，百族连心众手牵。
米酒醇香人共醉，东疆丽日沐尧天。

2012年3月16日

春 日 感 怀

荏苒流年倍惜春，芳华叠彩润闲身。
千重紫气萦堂舍，一片丹霞映路津。
情切应知诗厌假，兴浓足可韵求新。
吟哦不辍终无悔，勘破浮名养善真。

2012年4月2日

春 山 漫 步

行赏春山秀，岑深路未迷。
风轻林鸟静，日暖草芽萋。
伫望寻诗趣，徜徉拟韵题。
情悠多逸兴，野麓自成蹊。

2012年4月4日

人　　生

十年苦读历寒窗，砥砺身心志未尨。
万里遥程勤做伴，千钧重担毅能扛。
安家常赚银经手，报国全凭血满腔。
但得偷闲归隐后，漫调平仄唱三江。

2012年6月11日

贺“梅津汇律”采风行次养根斋老师韵

梅津撷韵喜成行，坛庆中华倡道明。
谐律双联传雅意，短歌一束表心声。
八方汇聚诗家梦，十载推敲笔友情。
辉发涌潮帆竞进，任肩符号启新程。

2012年7月11日

【题解】

2012年7月20日至22日，参加关东诗阵组织赴吉林梅河口市采风，有十五首采风作品被收入《梅津汇律》一书。

山　行

赏秋信步入重峦，岭岫妖娆付暇看。
叠嶂崚嶒天宇近，浮岚缥缈涧溪寒。
云霞悦目神清爽，气息怡怀虑静安。
三五人家村舍寂，武陵岁月作常观。

2012年7月12日

村 晚

思乡回故里，向晚伫田畴。
翠野禾香馥，丛林日影幽。
蛙声浮水面，花色点坡头。
邻父收工早，唤名邀上楼。

2012年7月14日

登鸡冠山

身入崚嶒仄径遥，云程步步近青霄。
千重岭岫凝苍翠，百丈峡川含窈娆。
古木枝柔莺语啭，新花蕊丽蝶颜娇。
绝巅环顾群峰小，一洗胸襟碧宇辽。

2012年7月23日

瞻仰鸡冠山抗联会议室遗址有作

烽火熊熊树义旗，半间茅舍议军情。
乔装侦察先机占，布阵攻防妙计生。
救国拯民身忘我，歼夷灭寇志成城。
义承使命留遗址，应作年年夏令营。

2012年7月23日

鹭 岛 游 记

鹭岛原生态，林深俊鸟栖。
枝高巢更稳，雏幼羽初齐。
嫩翅飞天戏，清声向月啼。
翩翩留倩影，游客意痴迷。

2012年7月26日

过鸡冠山百丈峡

拾阶云岫里，峡谷渐幽深。
石润青苔滑，林稠白日阴。
登高磨意志，望远爽胸襟。
浩浩天风烈，怡然醉客心。

2012年7月26日

庆云女真摩崖石刻观后

岩刻金文字迹真，寥寥数语史难泯。
眼前曾是交兵地，岭下应钦记事人。
幸为山乡增底蕴，乐将石壁作遗珍。
烽烟已逝摩崖在，不废关东百族亲。

2012年7月28日

参观东北局梅河口会议遗址感赋

国共争锋史迹存，卌天会议转乾坤。
应叹去日军风朴，更觉当年战友敦。
初克春城称范例，乍降敌旅谢民恩。
小楼依旧风云散，题字常铭记忆温。

2012年7月28日

太子河漂流

消夏玩心跳，漂流激感官。
浪汹惊魄定，波缓放心宽。
挥桨航深谷，撑篙渡碧澜。
峡光犹未赏，已过数重滩。

2012年9月8日

咏关门山水库景区

平湖盈绿水，巨坝锁清川。
秋雨飘红叶，春花落碧泉。
登高峰竞秀，望远树争妍。
一览尘心净，喧嚣得寂然。

2012年9月10日

参观本溪县东北抗联史实陈列馆有感

旅游温历史，展馆景区边。
睹物怀英烈，听歌忆旧年。
长驱途克险，激战岭摩天。
看罢心头热，争优不息肩。

2012年9月10日

读沈水梦轩老师《世路漫吟》有作

世路崎岖作漫吟，言辞冷峻看胸襟。
交游浓淡怀思远，际遇穷通体悟深。
书海探骊排寂寞，诗坛谐韵绝消沉。
后侪把卷应三叹，细品琼华句句箴。

2012年9月12日

【题解】

沈水梦轩，本名任绍德，字梦轩，抚顺诗人，早年毕业于吉林大学中文系。有个人诗词集《梦轩诗文选》《世路漫吟》行世。曾主编《当代辽诗三百首》，担任《辽海诗词》执行副主编。

“九一八”听警报长鸣

国耻逢今痛，云空警笛鸣。
人心为可振，夷魄自当惊。
东海催帆进，长街讨逆行。
旗飘鱼岛日，樽酒慰群英。

2012年9月18日

乡 村 夏 日

稻花香馥郁，柳翠绿阴浓。
果味青犹涩，蝉声懒且慵。
雾深滋蕈影，雨足绝蚜踪。
又是丰年兆，村翁绽笑容。

2012年9月26日

抗 联 小 路

蜿蜒行涧底，小路向何方？
树密遮人影，山高隐洞房。
披星输弹药，冒雪送衣装。
杀敌凯旋日，石门松柏苍。

2012年10月14日

贺第七次长白山文化研讨会暨第一次鸭绿江文化研讨会开幕次养根斋老师韵

议开诗派广求贤，策论风生为富边。
文胆凝心兴盛计，江涛流韵沁芳笺。
大荒迭唱臻奇境，苦旅行吟续锦篇。
但许清音汇符号，愿追翘楚谢华年。

2012年11月1日

次养根斋老师韵贺临江鸭绿江文化研究会成立

频传喜讯鸭江阳，学界时贤与会忙。
史籍精思观点确，遗存细考论文长。
求真决问咨新议，去伪析疑探秘藏。
风化常滋安社稷，东陲黎庶福无疆。

2012年11月8日

参观临江大栗子溥仪行宫有作

风情雨意感秋阴，寥落行宫远客临。
玉照斯文留媚态，朱批潦草证焦心。
十年傀儡人寒齿，七载公民自敞襟。
祸福相依今古事，樵歌一曲世长吟。

2012年11月8日

参观四保临江战役纪念馆感作

四保临江溃敌军，百天苦战建奇勋。
纵横弹雨身先赴，叱咤疆场事久闻。
展品琳琅增感佩，留言慷慨尽欢欣。
忽思东海涛汹涌，藉此冲天息鬼氛。

2012年11月8日

谒临江烈士墓地

血洒临江野，长眠烈士陵。
碑同山挺立，业在国中兴。
理想应无愧，精神自永恒。
英魂常激励，华夏日蒸蒸。

2012年11月8日

党的十八大闭幕有怀

届逢十八正华年，坎坷征程赖俊贤。
喜雨无声荣草木，和风有迹润山川。
心牵国运瞻人望，惠利民生盼福泉。
老树犹期发新绿，夕阳明处浴霞天。

2012年11月14日

山中小憩

春盈秀谷锦成堆，一路听溪琴曲陪。
鱼戏清流忽远近，鸟飞峻岭入崔嵬。
葱茏田野青岚聚，迤逦村墟翠霭偎。
小憩花阴闻馥郁，多情蜂蝶又相催。

2012年11月20日

贺梁琴《闲敲棋子落灯花》出版次养根斋老师韵

倡行流派赋长吟，符号萦怀雅兴临。
棋子纵横凝业力，灯花璀璨激文心。
险途历历堪提笔，苦旅迢迢漫抚琴。
掩卷尤钦呈秀玉，东荒艺苑蔚琼林。

2012年11月30日

【题解】

梁琴，女，吉林作家，出版散文集《闲敲棋子落灯花》。

壬辰岁杪感怀

龙年将尽感时珍，拙句常吟自润身。
雅兴每从忙里得，幽情总在惬中陈。
多生慨叹诗仙少，久有相思网友亲。
无事萦怀堪慰藉，梦安何虑白头新。

2012年12月31日

2013年元旦试笔

纷纭岁月竞龙蛇，世事迷离莫叹嗟。
名利无由须警醒，光阴有限忌穷奢。
吟讴敬信情应笃，检点修齐欲勿邪。
但有灵犀书雅句，临屏纵笔试回车。

2013年1月1日

元旦假日邀老同学家中小聚

隆冬邀友聚寒庐，淡菜香茶酒满壶。
祝语情真三句暖，献歌意畅五音殊。
人生顺逆常牵念，世态炎凉可倚扶。
花甲安然珍旧谊，相期皓首乐余途。

2013年1月2日

元宵节观焰火晚会

晴空升焰火，明月映灯河。
菊蕊飞星雨，梅苞泻瀑波。
金蛇姿婉转，玉鹤舞婆娑。
禹甸圆龙梦，民安岁泰和。

2013年2月24日

纪念毛主席为雷锋题词五十周年作

七字熊熊一炬燃，众心坚守奋加鞭。
抗灾勇士撑全力，助老义工扶弱肩。
薪火思承常态继，誓词行践好风传。
先锋代代人争效，励振炎黄国脉延。

2013年3月6日

玉　猪　龙

面如猛豕体如龙，神秘图腾远古崇。
形制离奇王者派，线条粗犷野人风。
精雕技艺凭磨琢，巧饰才情系贯通。
璀璨文明骄璞玉，赤峰耸屹傲寰中。

2013年3月22日

春游高尔山

暮春晴暖日，健走北山行。
黄犬篱边吠，野鸡林外鸣。
网群游兴热，吟侣笑风生。
邂逅谁相问，寻诗作远征。

2013年4月20日

游高尔山喜鹊湖

溪流山脚汇，瀑落积潭深。
水碧波光漾，峰青鹊影临。
怡神凝韵致，悦性净胸襟。
一泊增灵动，流连助短吟。

2013年4月20日

山 里 人 家

远离市井背山居，门户朝阳室有余。
树拥檐头遮细雨，泉流屋后作清渠。
景幽常过逍遥客，地僻不来刁滑胥。
勉力经营衣食住，花香鸟语乐何如。

2013年4月23日

郊　行

迤逦城郊路，山光惹意迷。
风吹坡草绿，雨过岭云低。
农父培新垄，渔翁钓浅溪。
田头剜苦菜，不厌手沾泥。

2013年5月2日

山行见达子香花开

素喜登高乐，春和景不空。
林梢初泛绿，崖畔已飞红。
岭岫披霞彩，沟川饰锦绒。
勿迷花事好，日暖更葱茏。

2013年5月2日

游高湾百亩梨园

城郊行未远，梨峪岭绵长。
细雨花姿润，微风草味香。
山头闻犬吠，云下看鹰翔。
社友欢声处，吟旌伴律扬。

2013年5月23日

高湾赏梨花有记

盈坡雪海艳城西，最赏农家百亩梨。
老树花繁香蕊馥，新枝蕾盛嫩芽萋。
林间幽草铺青毯，垄上鲜苗破紫泥。
几处山居排次第，云空时报晓鸡啼。

2013年5月13日

山 行 所 见

郊外花期好，游观绕岭行。
风声微寂静，天色半阴晴。
高树鸦巢稳，芳园蝶翅轻。
置身香雪海，适意忘浮名。

2013年5月13日

槐花诗会纪咏

槐汛云涛涌，闻香入岭深。
清芬萦玉树，淡雅绘琼林。
适意风牵袂，开怀韵染襟。
簪花增逸兴，放咏立高岑。

2013年6月3日

登三块石过青石谷

绿阴浓蔽日，巨石染痕青。
仄径盘山走，流泉作曲听。
林间横古木，溪畔立新亭。
九九天梯过，危岩已望形。

2013年6月5日

瞻仰三块石抗联地窨子

扎营藏地窨，幽草掩窗栏。
议战听群策，招兵扩地盘。
晚归斜月黑，晓发朔风残。
一帜关东树，声威敌胆寒。

2013年6月6日

咏五女山

毓灵仙境秀，屏嶂势巍峨。
曲径云中路，清池岭顶波。
一城花不败，五女世长歌。
回首风云散，平畴看黍禾。

2013年6月10日

牛河梁遗址

神殿巍巍石冢高，牛河梁上感情豪。
玉形瑰玮雕龙器，土色斑斓绘彩陶。
智慧凝成华脉续，文明肇始世人褒。
国凭底蕴迎昌盛，列祖先宗享太牢。

2013年6月10日

咏朝阳化石

青泥作榻入甜香，岁月悠悠一梦长。
飞鸟骸呈当日态，娇花影印那时妆。
生存信息留遗迹，演进历程昭史章。
珍品纷繁精考证，浮尘淘尽泛灵光。

2013年7月10日

咏朝阳鸟化石

生来原始祖，演化一骸存。
岁老巢无迹，形僵石有魂。
三燕凭证史，百鸟共留痕。
莫厌稀奇相，合当青眼尊。

2013年7月10日

次养根斋老师韵贺长白山诗社成立三十周年

卅载擎旗振雅风，铸成流派口碑同。
江源泉涌波澜阔，雪域云蒸气象雄。
调寄清吟心惬意，韵生苦旅兴由衷。
比肩众彦传身手，也敢谐声和一东。

2013年7月18日

游香海寺

古刹居山好，平原势亦雄。
五方神笑面，三世鬼瞠瞳。
发愿明心迹，焚香企佛功。
懿行多向善，或可福无穷。

2013年8月12日

【题解】

2013年8月5日至8日，参加关东诗阵组织赴吉林通榆向海自然保护区采风。有十九首采风作品被收入《鹤乡雅韵》一书中。

有感王云坤同志为《鹤乡雅韵》题写书名次养根斋老师韵

乐见通榆雅韵新，陶然命笔字堪珍。
毫端寄意雍容势，腕底生香锦绣春。
派汇白山恒激力，园镌墨宝每怡神。
旌麾耀眼人心畅，碱域沙丘覆绿榛。

2013年9月18日

抚顺月牙岛生态公园抒情

绿树婆娑百卉繁，河滩着意起名园。
一湾碧水游船戏，几处凉亭笑语喧。
君子桥头留玉照，情人岛上吐心言。
轻歌摇曳流星雨，最爱喷泉彩浪翻。

2013年9月19日

《中国长白山文化》出版志贺用养根斋老师韵

长白山光入眼新，提升文化更添春。
思谋纵使云天远，坐议何如翰墨珍。
万首洪吟堪记胜，百年苦旅共分辛。
聚派也奉纤毫力，唾手追随撷韵人。

2013年10月23日

东洲怀古

两河冲积地膏腴，古郡城雄对水居。
旺铺兴隆宽筑路，嘉禾繁盛广修渠。
遗才在野官应慎，藏富于民国不虚。
千载甲邦留史证，毋庸置酒问樵渔。

2013年11月9日

过营城子

出关三五里，地气聚人烟。
曾作兵屯处，尤防敌犯边。
通衢行客旅，沃野辟园田。
岁稔秋光好，山歌颂变迁。

2013年11月9日

白家店

老店声名远，郊行当要冲。
对街财入户，开肆幌临风。
釜炖鱼香漫，杯斟酒色融。
情真留客醉，日日灶膛红。

2013年11月10日

纪念毛主席诞辰一百二十周年

天骄一代出农门，纾难兴邦浩气存。
善战麾旌销霸主，崇文泼墨奉儒根。
研求国是均贫富，凝聚人心结仲昆。
情系苍生甘后已，丰碑十亿颂英魂。

2013年11月11日

读毛主席诗词

文采瑰奇比楚骚，承唐继宋一峰高。
用兵赤水风携浪，立马雄关雪卷旄。
国送瘟神浮逸兴，戏观白骨见宏韬。
尤钦四海翻腾句，足领千秋气韵豪。

2013年11月13日

咏浑江黑陶

制形古朴泛崇光，绝艺求新列雅堂。
雕镂空灵纹细密，熏烧通透色端庄。
螭蟠筒罐风云动，梅绽炉瓶冰雪香。
大美传承缘大巧，誉驰天下竞收藏。

2013年11月24日

游临江瞻仰陈云铜像

仪形伟岸矗庄严，英武一身儒雅兼。
帷幄用兵谋有道，疆场破敌势如钳。
挥师亮剑尘氛靖，量地分牛春色添。
逐鹿东陲留胜迹，丰标再世万民瞻。

2013年12月8日

赴长春探望翟志国老师有赠

惊闻师恙久心牵，冰月迟来问榻前。
谈笑依然风度在，起居循序岁时绵。
药凭介入增疗效，症自求医见复痊。
更有吟俦勤致慰，寒流过后抱春天。

2014年1月9日

原韵奉和雪域魂《甲午留题》

惊涛一战损天朝，百廿回眸剑在腰。
嗜血恶魔铭辱柱，勾魂孝子拜阴寮。
深仇必报应无赦，宿债终偿岂可销。
海上长城非自许，华胞同忾继神尧。

2014年2月9日

【题解】

雪域魂，本名吴文岩，吉林诗人，任关东诗阵版主多年。

新春写怀

闪烁霓灯映雪红，新年景象喜由衷。
奉行节俭民心顺，杜绝骄奢政令通。
人道人情归习俗，天伦天理树家风。
东洋寻衅忧思在，雪耻当能挽玉弓。

2014年2月15日

读沈鹏云兄《秋实集》兼贺首发座谈会召开

秋为华彩气为根，流派相依自有魂。
鹏翼展时天地阔，云帆张处浪涛奔。
兼收成竹欣开笔，欲造香车厌闭门。
雅趣怡怀书轨迹，篇篇剪影庆留痕。

2014年3月8日

【题解】

沈鹏云，吉林诗人，吉林省诗词学会副会长，《长白山诗词》执行副主编。出版个人诗集《秋实集》。

赞抚顺百姓雷锋

懿行高尚敬由衷，大美深藏百姓中。
孤寡无援亲手助，儿童辍学爱心通。
和风着意传温暖，时雨关情吐嫩红。
旌表仪形臻善策，弘扬德治铸丰功。

2014年3月21日

春晓郊行

野杏嫣红碧水潺，晓行信步过城关。
傍溪柳线鹅黄嫩，栖树鸦巢墨绿环。
断续炊烟飘岭下，悠扬笛韵响林间。
农家三五田中作，不舍生涯一日闲。

2014年4月15日

春游东洲紫花岭

巍峨岭岫紫花妍，抖擞英姿向远巅。
野径闻香怡肺腑，危崖惬意傲神仙。
尘心已共流云淡，雅兴恰如芳草鲜。
直欲山隈寻僻处，结庐幽境乐天年。

2014年4月15日

相聚丹东河口感赋

正是桃英怒放时，重逢河口慰相思。
江皋纵目翻红浪，仙境怡怀舞靓姿。
情动于衷新句雅，谊成因感旧友痴。
青山不老花常盛，韵满辽天雨露滋。

2014年4月30日

丹东桃花岛

胜地江心屿，蜚声名不虚。
家家小宾馆，户户大锅鱼。
窗映红桃树，街停宝马车。
游人行接踵，岁岁庆丰余。

2014年5月4日

贺吉林省政协成立六十周年次养根斋老师韵

六十征途历稔秋，誓同肝胆御龙舟。
建言常纳奇勋显，议政终成隽意幽。
情系白山谋可赞，心牵松水益能收。
城乡行雨清流汇，稻浪千重泛绿畴。

2014年5月6日

游宽甸黄椅山小峡谷

岭下藏幽谷，林深不见天。
两厢垂直壁，一线泻流泉。
径仄斜身走，藤长双手牵。
流连身落伍，为爱野花鲜。

2014年5月8日

黄椅山玄武湖

黄椅山中水一湾，清波潋滟映斑斓。
高崖险峻排岩柱，曲岸迂回布草滩。
亿载生成堪赞叹，百年发现喜游观。
且行且咏培诗兴，身远书斋心未闲。

2014年5月10日

恭步乾隆韵贺养根斋老师巧遇鲟鳇鱼

辽春捺钵查遗迹，巧遇鲟鳇性未驯。
摄影倏然凭快手，呼名确矣辨珍鳞。
佳馐昂贵防刀俎，异种奇稀禁饵缗。
惜物常尊生至上，打鱼人作护鱼人。

2014年5月14日

观赏抚顺月牙岛公园音乐喷泉水舞秀

影在湖中月在天，流光溢彩赏喷泉。
琼花璀璨明珠散，丽树婆娑玉幕悬。
辉映青蓝姿楚楚，风飘红绿舞翩翩。
悠悠乐曲随人意，欢笑如潮碧水边。

2014年5月17日

咏　艾　草

冰台生壑谷，香气沁心殊。
叶白含灵态，根长挺秀株。
毒蚊烟下渺，邪疠牖前除。
收采宜端午，凡尘少病夫。

2014年5月28日

参观沈阳“九一八”历史博物馆有作

日历碑文确，伤情伫北郊。
缅怀思少帅，凭吊祭同胞。
哀国遭奇耻，仇倭毁故巢。
勿因兵火息，弛废警钟敲。

2014年6月7日

东丰采风纪行

驱驰南北览东丰，山水田园入画中。
远岫怡情攒茂盛，平畴悦目染葱茏。
庄排瓦舍祥和气，路进花乡朴素风。
堪比桃源生意韵，心泉酌句赞由衷。

2014年7月11日

【题解】

2014年7月4日至6日，参加关东诗阵组织赴吉林东丰县采风，有二十四首采风作品入选《诗情画意鹿乡行》一书。

参观东丰农民画陈列馆

堪羡农家画笔灵，满堂佳构塑丹青。
夸张靓女形丰美，渲染娇花色泰宁。
艺苑标名瞻盛典，非遗列榜仰明星。
关东风俗图中写，赞誉如雷贯耳听。

2014年7月11日

扎兰芬围关东古村落

地僻人烟少，深山隐古村。
草房三五座，篱杖百千根。
鸡犬街头戏，牛羊林下飧。
熙熙太平岁，倒福映柴门。

2014年7月24日

扎兰芬围关东古城

重楼檐角密，古邑现崔嵬。
街市陈商贾，轩窗对盏杯。
说书听水浒，看戏演花魁。
攘攘红尘里，人生笑几回。

2014年7月24日

纪念好太王碑立碑一千六百周年次养根斋老师韵

王碑绝世傲天东，史笔书家仰拜同。
考隶生成留迹处，镌文漫灭解谜中。
千言详记平安业，百代永垂长寿功。
历尽劫波今释读，分明字字继儒风。

2014年8月22日

同天狼游虎山长城①

身临虎山险，绝顶意堪豪。
倚堞层层远，登阶步步高。
青纱笼界岛，锦绣漫江皋。
幸伴知音旅，胸中感乐陶。

2014年9月2日

【注释】

①天狼，本名李红光，吉林省珲春市诗人，关东诗阵版主，大东诗社社长。

贺关东诗阵成立十周年次养根斋老师韵

十年韵事继先班，一路英姿克百关。
访古迢遥行万水，采风迤逦踏千山。
长存雅兴真诚里，尽赋灵犀善美间。
款款东风传号角，层峦叠翠永升攀。

2014年10月10日

抚顺天女山

龙岗余脉耸辽东，岭壑逶迤峻且雄。
岩隙峡长惊造化，石门壁陡叹天工。
景藏僻处游踪少，颜露仙妆访客隆。
知有瑰奇须绝顶，披襟一路伴松风。

2014年10月12日

登天女山逍遥谷

秋入逍遥谷，林深路不迷。
锦枫红映日，幽草绿濒溪。
雨少龙潭涸，崖高石磴齐。
置身青巘上，纵目万山低。

2014年10月12日

重走抗联路

穿越密林攀远山，一行足迹水云间。
疲劳应晓当时苦，饥渴尤知那日艰。
情动千场心郁郁，诗吟几度泪潸潸。
警钟常激抗联路，步履昂扬撷韵还。

2014年10月14日

蒿子湖密营碾盘

土埋形未改，雨蚀历沧桑。
沟齿痕犹在，推杆影已亡。
供餐炊面饼，出战备干粮。
捷报平戎日，军功记一章。

2014年10月15日

养根斋老师考古发现五万年前手斧有贺

五万光阴一梦中，赫然面世享恩隆。
几经打制疤痕浅，久历沧桑劫难空。
薄锐方能剖物食，扁尖自可利身攻。
莫维斯线伤今日，罕遇机缘不世功。

2014年11月17日

岁杪回眸

光阴页页伴花飞，辞马迎羊岁月催。
书读千篇钦妙笔，诗刊百首谢佳媒。
常因久别机传信，时应相邀友举杯。
但许新年如去日，高楼纵目盼春回。

2014年12月19日

冬日遣怀

朝览荧屏夕赏琴，幽居足可逸身心。
旧书每读橱中选，新句常敲月下吟。
米撒阳台群鸟至，霜飞庭树老枝禁。
东郊健走行程远，踏雪坡头试浅深。

2014年12月27日

贺王琦《填词入门》出版发行

孜孜苦索几经年，门径通行奉绮编。
题解深详明玉律，例词精切秀云笺。
装潢求雅高人巧，评点趋新妙笔先。
文武兼成钦纸贵，时来再赋鹤冲天。

2015年1月18日

【题解】

王琦，网名黑天牛，抚顺诗人。抚顺诗词楹联学会理事，抚顺作家协会理事、诗词委员会主任。有《填词入门》行世。

吉林淞韵

江皋淞蕾绽，怒放藉严寒。
倩影披银氅，仙姿裹素纨。

霜林清若梦，冰蕊静如兰。
迤逦长堤外，游人兴未阑。

2015年1月23日

贺邵红霞女史任关东诗阵首版

量才授命古今同，一抹丹霞彩映东。
新秀披波千叠浪，先贤树木十年功。
常期日暖萌香蕾，或有霜寒抗朔风。
诗阵嘤鸣谐俊彦，韶华正盛日方中。

2015年1月29日

【题解】

邵红霞，女，网名寒烟滴翠、紫衣格格等，吉林诗人，吉林省诗词学会副会长兼关东诗阵首版。著有诗集《滴翠集》。

贺满族颁金节三百八十周年

女真一脉几沉浮，再度中兴号满洲。
万乘辚辚平铁壁，八旗猎猎定金瓯。
政循天理康乾盛，文继儒风德业修。
载舞载歌今共庆，百年同梦势方遒。

2015年2月12日

贺《满族诗集》征稿

满乡此日沐春风，更辑瑶编底蕴浓。
一代豪情收笔底，八旗逸韵入篇中。
黑山横亘松林翠，黄岭崔嵬枫叶红。
古调新声传塞外，休闲撷律访伊通。

2015年2月12日

岁杪回乡日记

车行高速疾如风，片刻归乡百里程。
雪满丘峦林影密，霾消天宇气流清。
路边旺集纯山货，村外娇园绿菜棚。
漫步街头心一亮，几家新屋塑窗明。

2015年2月17日

家　宴

天伦常乐设家筵，爆炒焦熘荤素全。
鱼肉精调滋味好，果蔬冷拌色形鲜。
娇孙敬酒开颜笑，老汉端杯醉意绵。
岁岁朝朝欣此日，福星高照玉堂前。

2015年2月18日

忙　　年

浣衣美发挂红灯，福满田家各有能。
夫善烹调排菜谱，妻精采买伴闺朋。
开包豆腐清香溢，出屉馍花热气腾。
乐煞小儿无事事，引燃炮仗看高升。

2015年2月21日

次韵贺高丰清兄七十初度

每赋新诗寄意深，古稀犹自惜分阴。
勤思历练培灵性，不倦研求拓艺襟。
千里纵吟长白月，一生难忘故乡心。
夕阳更比朝阳灿，逸兴无须秉烛寻。

2015年2月21日

赞“关东诗阵现象”次养根斋老师韵

俊俦为聚苦相寻，列阵关东壮艺林。
笔可乘风怀雅意，诗能证史抱丹心。
展笺雪岭千秋画，谐律江涛万古琴。
桃李争春春烂漫，志成流派继高吟。

2015年3月23日

梨花节寄怀

花信如期热盼中，诗俦撷韵入芳丛。
飞天娇燕啼春色，映日琼枝媚晓风。
远客初来情正切，俊才竞赋曲同工。
一怀雅兴歌台秀，声逐流云向碧空。

2015年4月24日

女作家“禅茶一味·汉服禅修”雅集活动有贺

汉装飘逸自缝裁，疑是玉人穿越来。
茗饮生津调气质，禅修入脑助文才。
清空岁月忧烦事，拂尽心灵苦痛埃。
勘破尘缘真快乐，春花绚烂伴君开。

2015年4月26日

谒三慧寺永光塔

独屹青峰塔影高，凭栏纵目涌心潮。
烟霞浩渺长河远，草树葱茏翠屿娇。
春尽还留香在野，夜临每爱韵听箫。
风铃悦耳情怀溢，一曲僧歌近且遥。

2015年5月10日

游集安瞻好太王碑

为彰父德竖王碑，傲立东方百世垂。
文继风骚镌汉隶，身修义理仰儒规。
强兵利甲民迎泰，守土开疆国避危。
依旧丸都春色好，寿陵如塔日中岿。

2015年5月15日

纪念抗日战争胜利七十周年

烽烟骤起叹沦亡，荼毒山河雪伴霜。
兵甲临时悲四野，铁蹄过处恸千乡。
健儿义勇青春献，猛将精忠赤胆张。
八载争锋驱寇虏，中华浴血庆重光。

2015年7月6日

观看央视《远方的家·长城内外》抚顺专集有作二首

《满族故里——启运之地》

肇兴大业后金初，一道平冈启运都。
铁甲辉明天上月，银旌色耀帐中图。

翩跹彩扇笙歌美，馥郁珍馐碗碟殊。
千里边墙何处是？游人遥指远山孤。

《辽东明珠——抚顺》

明珠璀璨嵌辽东，远去硝烟声誉隆。
亿载煤精堪证史，百年矿业亦称雄。
银球国手校园广，金奖诗家作品丰。
古塔崔嵬应笑傲，玄菟犹振气如虹。

2015年7月6日

郊 游 漫 成

迤逦郊行路，长堤放眼遐。
白云浮岭岫，绿水绕蒹葭。
鸟隐啼声脆，鱼游乱影斜。
临歧思向导，招手问农家。

2015年10月17日

重阳节登高

登阶身影健，绝顶任高讴。
歌响回峰应，兴浓逐霭流。
晴空心远骛，幽境意真求。

绚彩龙山上，盘桓五色秋。

2015年10月21日

抚顺社河湿地公园记游

曾记当年过此洼，一摊野草掩黄沙。
难防污水渠流毒，乱掘深塘地结疤。
十里围栏常护绿，千寻香径每生花。
休闲最喜原生态，朝夕留连沐锦霞。

2015年10月24日

英　额　门

清廷崇祖脉，禁地柳条边。
绿障侵风雨，深壕隐霭烟。
设门商旅盛，列栅阵营坚。
遗迹今何在？通衢直似弦。

2015年11月2日

纪念刘建封诞辰一百五十周年次养根斋老师韵

勇任先驱破大荒，尘寰有幸识琼芳。

裁诗满卷书奇景，志略成编写峻岗。
一代精英情作赋，百年苦旅史留章。
丰碑伟岸心诚敬，感念威名岁月长。

2015年11月7日

晚秋山行

秋游林下憩，叶落老枝轻。
爱菊无花绽，听松有鸟鸣。
溪流沙见底，烟霭影浮坪。
逸趣心头绕，更攀高处行。

2015年11月12日

贺吉林省楹联学会成立十周年次养根斋老师韵

爱拟桃符诵雅音，清平可待众归心。
楹坛拔地联谐玉，诗阵冲天艺蔚林。
一代耕耘芳吉域，十年求索秀青岑。
开怀畅咏添佳兴，白雪红梅对抚琴。

2015年12月10日

瞻仰四平烈士陵园

当年鏖战急，四战四平时。
血洒江山固，情湮草木滋。
长眠听颂语，后继表钦辞。
岁岁清明悼，倾盆泪化诗。

2015年12月25日

四平西湖水上公园走笔

交口明珠誉，西湖水上园。
回廊行扑朔，曲径历纷繁。
涟碧长桥映，林深俊鸟喧。
游人无限意，谐趣忘忧烦。

2015年12月25日

雷　击　木

天火无情焰，犹余劫后身。
粉灰滋草树，铁干拒柴薪。
终有来生梦，常怀再度春。
顽躯留剑影，荣枯安可泯?

2015年12月29日

【题解】

2015年12月18日至21日，参加关东诗阵组织赴长白山采风。得诗四十二首。有二十首被选入《韵补东荒》一书中。

长白山美人松

娟娟姿楚楚，脉脉立亭亭。
雪映娇容媚，风来翠袖轻。
迎宾亲欲语，送客远能听。
长白栖身地，移栽自毁形。

2015年12月29日

萨满九关九首

“萨满九关”是萨满入巫仪式的内容之一。即对将要成为萨满的人员进行法术、体能、胆略、智慧的测试，只有通过这样的闯关考验，才能被授予巫师称号，获得从事萨满活动的资格。

一、踏剑

火烧三块石，默立忍焚香。
皮灼牙关紧，心横脚板强。
平衡虎添翼，迅捷燕穿梁。
过硬功夫在，不教魑魅藏。

2016年1月2日

【题解】

踏剑，即闯关者赤脚站在火烧得发烫的三块石头上，能忍受一炷香的时间，方可过关。

二、滚针

闯关凭铁骨，翻转过钢钉。
血迹无毫发，皮囊布晓星。
挺身刀不入，瞠目火曾经。
仗剑行天下，穷施法术灵。

2016年1月2日

【题解】

滚针，即闯关者要在布满八十一根立着的钢针的木板上翻转滚过，才算过关。

三、戴铁帽

灵仙培气力，铁帽重千斤。
硬汉头无敌，超人技不群。
翩翩风乱舞，瑟瑟酒微醺。
勇闯三关过，威名百里闻。

2016年1月2日

【题解】

戴铁帽，即闯关者要头戴拴着六块石头重达千斤的铁帽翩翩起舞，才能过关。

四、美人刀

发丝悬利刃，夺命视如归。
三炷香焚久，千般气觉微。

霜锋何所惧，铁律岂能违。
大难安然过，云天任尔飞！

2016年1月2日

【题解】

美人刀，即闯关者要站在用头发丝悬吊的钢刀下面，且坚持三炷香的时间，才算过关。

五、下火海

火海惊心魄，奇功敢向前。
轻身行赤地，跣足踏蓝烟。
洗礼神明助，蜚声信众传。
风调偕雨顺，赐福谢灵仙。

2016年1月2日

【题解】

下火海，即闯关者要赤足走过一段铺满火炭的路，不被灼伤，才算过关。

六、穿铁靴

犁铧经炭火，红透泛青烟。
赤足从容踏，生皮任可煎。
行来人自若，过后意欣然。
神技惊凡眼，唏嘘赞大仙。

2016年1月6日

【题解】

穿铁靴，即闯关者赤脚踏过一排烧红的铁犁铧，才算过关。

七、捞油锅

热锅油鼎沸，徒手取铜钱。
冒死功夫硬，求生技巧玄。
乡亲惊啧啧，弟子赞连连。
好汉声名著，能撑一片天。

2016年1月6日

【题解】

捞油锅，即闯关者徒手从沸腾的油锅中捞出几枚铜钱，才算过关。

八、上刀山

利刃寒光闪，刀梯赤足登。
未惊鲜血滴，但见猛人升。
巧技随时练，奇功自幼承。
飘然行世上，冷眼对虫蝇。

2016年1月6日

【题解】

上刀山，即闯关者赤脚攀上排列着利刃朝上的铡刀的梯子才算过关。

九、滚大缸

意志如磐石，一身筋骨坚。
能行生死路，不惧是非圈。
气正消灾厄，心诚继圣贤。
历经艰险后，福运自绵绵。

2016年1月6日

【题解】

滚大缸，即闯关者从插满尖刀的圆筒里爬行过去，才算过关。

穿越萨满部落林海

既无滑板也无裘，穿越神坛山谷幽。
蓬勃绿园封雪野，横斜枯木卧荒丘。
几间茅屋人空影，一架虹桥水断流。
亲探瑰奇觇秘境，天光虽冷暖心洲。

2016年1月8日

参加纪念刘建封诞辰一百五十周年研讨会有作

首探神山世代尊，追怀足迹述新论。
佳名十六传书卷，苦旅三千励子孙。
两岸学人才调雅，一腔文气匠心敦。
立言立德高风在，未竟鸿图冀后昆。

2016年1月13日

腰站村怀古

御路中途站，皇家大姓村。
民居萦紫气，古树立黄昏。
四世人丁旺，八旗风俗存。
行宫遗址在，岁久不知门。

2016年1月31日

贺彭祖述先生松花砚雕刻系列作品问世

大匠神工触目惊，浑然无迹自天成。
只缘技法承师谨，不苟纤毫爱艺贞。
了了箴言深体悟，萋萋芳蕾巧纵横。
琳琅宝砚皆新贵，岁月悠悠不老情。

2016年3月16日

依韵贺张英玉丙申生日

荧屏拍档半生缘，心向关东雅谊牵。
一袭红衣妆淑女，十分大气塑英贤。
勤培桃李花争绚，博览诗书韵自妍。
更有娇儿初阅世，未央康乐度华年。

2016年3月20日

【题解】

张英玉，网名书女，吉林省东丰县教师，诗人，关东诗阵版主，和我同在一组值班。

铁岭雅聚赠三花一剑诸君

吟坛相识久心倾，人雅诗工不负名。
一剑沉雄昭锐气，三花秀逸蕴高情。
欣登龙首山留韵，远望汎河波有声。
煮酒烹茶邀贵客，赫图阿拉早成行。

2016年4月18日

【题解】

“三花一剑”，为吉林省德惠市的四位诗人。分别是剑气轩主寇彦龙、溪头荠菜花许清忠、松花一叶孙湘平、杏花疏影陈旭。四人因诗结缘，为莫逆之交。有四人合集《三花一剑集》行世。

铁岭雅聚有赠刘郎

性情豪爽喜交游，座上倾樽尽雅俦。
雨里山行聊掌故，亭前碑刻忆春秋。
葱茏才笔篇章继，潇洒人生气韵流。
翰墨场中频著力，身羁尘网自悠悠。

2016年4月19日

【题解】

刘郎，还曾署网名耶律阿格尔，本名刘文革，辽宁铁岭诗人，铁岭市诗词学会副会长兼秘书长。主编有诗集《辽北行吟》。

龙首山慈清寺

嘉木森森圣境幽，千年香火众生求。
古松葱郁逢新雨，法相庄严享旧楼。
慈济人间人向善，清除国弊国咸休。
祥光普照城安泰，岁渡春风染绿洲。

2016年4月29日

游龙首山驻跸塔

灵应寺塔建明初，驻跸君王圣遇殊。
昂首凌空天远大，只身立地势危孤。
山存胜迹诗吟众，人沐和风病去无。
细览碑文知缮事，兴衰历历庆新途。

2016年5月4日

端午晨起登山采艾

采艾登山早，林边漫步行。
过门惊犬吠，隔树觉莺鸣。
气爽身心畅，露馨花草荣。
端阳祛瘴疠，岁裕保康平。

2016年6月9日

过清原红河谷栈道

傍山栈道走羊肠，错落高低步履忙。
花影扶疏愉眼底，莺声婉转悦心房。
凿岩为磴梯形巧，架木成桥野径长。
接踵游人逢世外，留连忘返共倾觞。

2016年6月11日

咏沙河子满族村寨

八旗龙耀日，满寨溢风情。
门刻楹联雅，路标街巷明。
花香染襟袖，酒烈酿歌声。
忽觉家山美，何须作远行。

2016年6月12日

赞公主岭市新药特药连锁有限公司

岭城连锁店，药界树名旌。
质好求新特，方奇鉴笃诚。
医人臻大德，济世惠群生。
善举丰碑誉，财源岁月盈。

2016年6月28日

通化江沿古墓群

牛眠风水地，古墓竟成群。
野圹埋荒草，新禾泛绿云。
几时专考证，何处辑传闻。
雨助游人兴，山花自郁芬。

2016年6月30日

【题解】

2016年6月21日至22日，应通化县诗词学会邀请，参加了高句丽肇兴之地虎湾线采风之旅活动。得诗十四首。

下龙头龙岗遗址

江村遗址在，见证肇兴途。
龙角云空立，龟形水畔孤。
人烟曾辐辏，阡陌未荒芜。
千载时光老，山川竟不殊。

2016年7月7日

赤坂松古城留题

曾经闹市掩荒丘，板瓦绳纹证史悠。
方正台基知富庶，宽平场地见嬉游。
时移有迹烽烟散，业考无踪岁月流。
回首沧桑明铁律，唯兴盛世乐咸休。

2016年7月12日

瞻仰高志航塑像有思

塑像巍峨忆战魂，丰功卓著比昆仑。
神鹰凶猛惊倭胆，烈士雄威报国恩。
卅载华年虽赴难，一腔浩气已生根。
英名永刻乡情里，碧血长滋励子孙！

2016年7月12日

读《诗意长白浅说》感作次养根斋老师韵

春夏耕耘报稔秋，晨昏吟诵惬方休。
书编绮韵人无憾，社采新风岁有游。
总为心诚添逸兴，岂因情伪诉闲愁。
势承长白关东幸，一派汤汤仰众谋。

2016年9月1日

游大伙房国家湿地公园

亭园融湿地，山水任徜徉。
栈道穿林密，板桥绕苇长。
鸟鸣池畔树，花绽路边塘。
遥看烟波处，依稀古战场。

2016年9月11日

考察龙潭官地南山遗址有记

远望南山翠岭低，披荆幽谷自成蹊。
数层台地埋青草，几处田园化紫泥。
块石磨痕形可鉴，残陶素面色能迷。
荒坡有幸招吟旅，野菊芬芳鸟竞啼。

2016年9月26日

【题解】

2016年9月23日至25日，参加关东诗阵组织赴吉林市龙潭区江密峰镇采风，得诗十五首。

探访古梨园拾句

闻道梨园古，寻幽入岭岗。
遒枝千棵盛，老树百龄长。
春去先飞雪，秋来晚挂霜。
草亭耽肃静，小立浴芬芳。

2016年9月27日

参观龙潭区博物馆有作

一山一水一方人，创业强区万象新。
历代兴衰知不易，现时昌盛看尤真。
图文并茂声光电，思想常青精气神。
诗意龙潭圆梦顺，天高日朗岁长春。

2016年9月28日

瞻仰小川烈士墓

碑下怀英烈，祭文知姓名。
捐躯摧敌堡，开路夺江城。
忠孝心融汇，江山血铸成。
风来松起舞，犹似伴笳声。

2016年10月2日

本溪玉龙观

凌空檐角势飞腾，九百年间几废兴。
历代重修祥瑞集，而今再建岁时澄。
佑民永泰调风雨，护国长安毙虎蝇。
造福一方盈紫气，云天万里彩霞升。

2016年10月7日

游本溪南芬大峡谷

崔嵬环叠嶂，峡谷境幽深。
素练飘崖隙，青藤绕涧林。
无霜秋气晚，有雾晓风沉。
岭上凭栏望，情迷放胆吟。

2016年10月7日

山 顶 人 家

危岩高百尺，其上有人家。
瓦舍轩窗净，柴门小路遐。
休闲迷壑谷，生计理桑麻。
最爱村容美，沿街种菊花。

2016年10月7日

秋游清原筐子沟

十里沟川栈道平，好山好水喜相迎。
四壶琴曲丝弦雅，七彩虹霓气韵宏。
树有残红霜叶老，人无倦态欲心清。
休闲得乐应无愧，试作新吟记此行。

2016年10月17日

秋登紫霞峰远眺

诗家联袂览深秋，绝顶霞峰乐壮游。
入眼苍茫天地阔，到心喜悦稼禾稠。
风行近岭松涛涌，歌起疏林鸟语悠。
几处残红飘逸韵，似吟佳句赞芳洲。

2016年10月23日

参观辽阳汉魏墓葬壁画展有作

莫嫌壁画影模糊，可考阴阳两界图。
彩饰华衣生享尽，香车宝马死能无？
阖门寿诞儿孙乐，一径歌吟草木苏。
穿越千年留信息，重归天日胜明珠。

2016年11月7日

参观西汉村落遗址沙盘有思

地属川原广，人烟聚小村，
矮墙围院落，深井近柴门。
户户仓盈米，家家圈养豚。
岁丰农父乐，新酒又开樽。

2016年11月8日

题汉魏壁画杂技图

展品匆匆看，留心杂技图。
抛球凭眼力，驯兽见功夫。
筋斗姿柔美，丝弦曲曼殊。
不由生暗叹：享乐哪时无？

2016年11月8日

题窖藏古币

何代财奴隶，藏钱遗后人。
斑斑铜锈绿，垒垒土灰沉。
盈箧犹嫌少，充坑立感贫。
围观当警示，缩手戒贪身。

2016年11月8日

题汉魏壁画车马出行图

通衢尘蔽日，车马竞狂奔。
赤兔鬃毛抖，佳人仪态尊。
才经杨柳岸，又过杏花村。
贪恋郊乡美，归来月色昏。

2016年11月8日

参观辽阳民俗博物馆

民间民俗百千姿，异地风情尽可诗。
绝美衣裙花色艳，玲珑器具手工奇。
娶妻生子频来贺，祝寿迁居竞献辞。
展馆流连归去后，挥毫酌句寄遐思。

2016年11月8日

参观王尔烈纪念馆有记

赫赫声名少①有闻，秋来菊蕊沁余芬。
书房墨宝香犹溢，庭院松枝碧且欣。
清品为官称典范，高才赋闲赞文君。
故居轶事传千古，德励关东子弟熏。

2016年1月8日

【注释】

①少，指年少。

丙申岁晚书怀

无言岁序又迎新，一点初衷老未泯。
三百诗篇吟兴热，八千文字寄情真。
依然厌酒杯倾少，照样耽书笔画频。
微信圈中多好友，些些祝福倍堪珍。

2016年12月18日

岁末回乡有作

年根归故里，徒步力能禁。
山道随风远，田畦积雪深。
鸡鸣传野舍，鹊噪隔疏林。
路遇东街叟，称名暖我心。

2017年1月22日

年　根　儿

流光惊岁杪，家计喜忙年。
洒扫厅堂净，烹调色味全。
桃符红映雪，花炮响飞天。
瑞气萦街巷，骚人意万千。

2017年1月26日

丁酉人日立春写怀

古来人日主苍生，逢立春时兆岁成。
拉面盈盘绵寿享，鞭牛上路力田耕。
依然满目冰天远，却也开怀日色明。
漫步长堤频放眼，东风拂柳舞姿轻。

2017年2月6日

步韵贺养根斋老师正月初四拍得圆虹

霓环映地空，惊喜四方同。
天宇怡心碧，川原眩目红。
新春飘瑞雪，大野荡和风。
为报人勤勉，神机晓旭中。

2017年2月7日

仲春偶得次李化锋会长韵

长天云涌醉流霞，近览川原未著花。
和畅柳风行地角，清泠雪水落檐牙。
至亲小聚诚斟酒，逸友常邀乐煮茶。
八面琼晖萦紫气，频撩嫣媚惹诗家。

2017年3月7日

【题解】

李化锋，网名十年剑，抚顺诗人，教育工作者。抚顺市诗词楹联学会会长。

纪念吉林省诗词学会成立三十周年次养根斋老师韵

旗飘卅载正华年，韵领潮头破浪前。
画卷刊成千辈誉，地支和满一轮传。
生花妙笔裁新句，溢彩荧屏酌雅笺。
流派奇勋彰岁月，骚人振臂颂高贤。

2017年3月31日

河堤漫步遣怀

郊原春色好，信步上河堤。
水浅沙尘净，风微柳线齐。
忘情生雅趣，得句拟新题。
佳景随心拍，芳汀花满蹊。

2017年4月8日

春旱悯菜农

春暖天无雨，田干误种瓜。
池鱼游倦怠，林鸟止喧哗。
下种忧心满，看苗失意加。
何方云有信，甘露润农家。

2017年5月8日

驿路雄风

东荒开秘境，古道向边陲。
树壁如山立，沟岩傍岸岿。
加鞭驰信使，勘界走旌麾。
大路今宽阔，长安不忘危。

2017年5月25日

大 清 祖 祠

运敞神山上，祖祠铭大清。
沧桑三百载，叱咤八千程。
功业垂青史，音容忆盛名。
他年思拜谒，香烛祭群英。

2017年5月25日

渤海国古墓群

依山存古墓，此地聚人烟。
商贾通荒域，农夫辟沃川。
春风荣草色，夏雨满溪泉。
何论谁人氏，流芳不记年。

2017年5月25日

次韵贺养根斋老师诗词选集付梓

书成宏卷荟新词，大雅瑰章见绮思。
韵海撷珍心羡久，骚坛鉴宝意忧迟。
情倾流派缘由己，兴寄荧屏唱和谁。
才笔生花唯尽责，百年佳境兆民期。

2017年6月5日

次韵贺养根斋老师《高句丽古城考鉴》出版

选题精当恰逢时，历尽艰辛阅后知。
岁月流迁情不断，影踪漫灭志难移。
夜行乡野询三老，日抖风沙察四陲。
并茂图文臻确论，一家独树赞奇思。

2017年6月15日

天女峰栈道

登临何处险？栈道傍崖行。
脚下流云驻，身旁怪石横。
鸟啼藏碧树，风动舞红旌。
捷足谁先到，引吭吆一声。

2017年6月18日

天女山枫林岗

闻名知喻意，此处有枫林。
蓊郁青遮眼，幽香爽沁心。
过门登远道，拾级上高岑。
料想秋来日，霜花一径深。

2017年6月18日

参观锡伯族民居留题

先祖安生地，故居今尚存。
纸窗明瓦舍，铁栅易柴门。
倍感宗亲德，长铭世代恩。
乡愁丝不断，老屋系心魂。

2017年7月31日

过 小 村

郊行三五里，碧野簇人家。
水映田边树，风香墙外花。
抬头红宅院，入眼绿桑麻。
柳下村翁憩，相招共品瓜。

2017年8月7日

雨中谒杨靖宇将军殉国地

含悲忍痛泪双流，天亦伤情雨未收。
泣读丰碑怀烈士，默思绝地记深仇。
青山郁郁将军恨，碧水潺潺故国羞。
塞外阅兵欣此日，倚天长剑护金瓯。

2017年8月14日

【题解】

2017年8月9日至11日，赴靖宇县参加吉林省第九次长白山文化研讨会，并在靖宇县采风，得诗九首。

贺吉林省第九次长白山文化研讨会举行
次养根斋老师韵

志兴文化岂能休，浅议成篇夏徂秋。
喜待佳期呈拙作，乐参盛会晤良俦。
好山好水心尤热，新论新题旨更优。
昂首启程今日势，东荒旖旎拒闲愁。

2017年8月14日

游靖宇爱仁康养小镇

长堤环碧水，绿谷集清幽。
石径通花海，林阴掩墅楼。
莺啼娇曲啭，瀑落玉池收。
此别经年后，温馨忆旧游。

2017年8月15日

参观河口铁路抗美援朝博物馆感作

弹雨纷飞战火熊，运输线上辨精忠。
敢拼险恶车轮畅，力保供需命脉通。
旭日方升讴铁汉，星旗已朽笑沙虫。
沧桑世事差人意，颠倒恩仇笑技穷。

2017年8月28日

河口桃园诗会有作

又是蟠桃挂满枝，诚邀遂意解相思。
倾杯只为弘诗道，合影当因喜友姿。
谊比鸭江流更远，情如松岭伫非迟。
春花秋果辽东胜，仰望青山感念滋。

2017年8月28日

登辽阳龙鼎山

秋登龙鼎入红娇，一路吟哦妙笔雕。
高阁闻钟思胜迹，平川望塔见丰标。
韵凭岁盛七情备，心感时和万虑消。
神寄长空天净远，风云变幻任逍遥。

2017年10月16日

游东京陵过褚英墓

少小随征战，军前屡建功。
性狂违父命，身殒弃荆丛。
未见王朝立，何谈正史崇。
至今游客少，孤冢任秋风。

2017年10月17日

广　佑　寺

千年名刹佑辽东，物阜民康无量功。
巨佛鎏金成像伟，青坊映日造型崇。
众生景仰传香火，大法慈悲济俗风。
微笑拈花常度世，无边无始亦无终。

2017年10月18日

次韵贺养根斋老师受聘吉林师大客座教授

三知[①]学者出寒门，砥砺常无枕席温。
雅韵幸存千载律，韶华忍废十年痕。
近仁肝胆心能省，克欲情怀志不昏。
受任传薪彰德业，初衷未改自生根！

2017年10月20日

【注释】

①三知，出自《论语·中庸》：“好学近乎知，力行近乎仁，知耻近乎勇。知三者，治天下可也。”

辽东散人离世三周年祭

凄风苦雨又秋深，把卷怀思笔意沉。
湖上题诗同对月，座中联句各知音。
临屏懵懂无人解，举酒唏嘘何处斟。
三载神行堪笑慰，醉庐桃李已成阴。

2017年11月3日

【题解】

辽东散人，本名兰玉忠，抚顺诗人，网络名家。辽宁省、抚顺市诗词学会理事，曾担任全国百诗百联诗词大赛初赛评委。诗集《醉庐吟草》经逸云轩主主编整理行世。

新宾木奇镇怀古三首

一

秋游临古驿，悦目爽心生。
街市宽而坦，楼房密且宏。
难寻车马店，不见士兵营。
问道观神树，争言向北行。

二

车行峰岭下，留意觅前痕。
御路今犹在，防关①早不存。
逛街知物裕，入店感情温。
老友欣相聚，开怀酒满樽。

【注释】

①防关，即后金建州三关，分布在木奇镇西五至十公里，依次为雅尔哈关、玳珉关、扎喀关。

三

古榆①三百载，岁老逞奇姿。
挺拔坚如柱，倾斜曲似螭。
蛇虫营暗穴，雷火劈高枝。
历劫犹葱郁，常怀祭庙时。

2017年11月9日

【注释】

①木奇镇东一公里处有古榆数株，树龄在三百年以上，相传为清帝在去永陵祭祖途中所栽。“御路古榆”为新宾名知旅游景点之一。

秋游河滩公园

霜降迎秋肃，芳园百卉凋。
红枫颜透紫，弱柳色含娇。
对景诗情淡，听歌雅兴娆。
人喧翘首望，鸢影上云霄。

2017年11月14日

初冬回乡遣兴

乡关渐近正初冬，地冷风清雪未融。
西岭飘纱连远道，南冈铺锦绣孤松。
韵藏眼底深情厚，句上心头雅兴浓。
去日依稀缘可鉴，犹追旧事觅遗踪。

2017年11月18日

岁 杪 遣 怀

碌碌浮生叹岁迁，韶华将届古稀年。
放怀每幸身心逸，酌句常期兴致绵。
网上发声勤激励，篇中谐律细烹煎。
诗家韵味终难悟，窃慕渔樵自在仙。

2017年12月25日

纪念强晓初先生一百周年诞辰次养根斋老师韵

感报民恩跪乳羊，重光风雅系文房。
于今笔阵融诗阵，从此米乡称韵乡。
业铸奇峰初指路，流归浩派已成章。
百年祝颂君知否？国步康庄日日强！

2018年1月9日

贺第二届官地岗子年喜花节次养根斋老师韵

吉域春风满，山开年喜花。
铺陈如锦绣，烂漫若朝霞。
色秀千崖岭，香芬百姓家。
何时圆绮梦，痴想到天涯。

2018年1月22日

冬日闲居

寒流侵岁腊，敛迹避喧嚣。
听戏诗文雅，观书兴味饶。
微群聊旧谊，时事看头条。
只待天回暖，开门破寂寥。

2018年1月25日

写 春 联

佳节迎祥瑞，新桃换旧符。
择言抄吉语，寓意祝鸿图。
万福家财旺，千金业利殊。
门庭多纳彩，贺岁谢操觚。

2018年2月14日

贺 人 日

人日晴方好，祥和兆岁佳。
梅红欣结子，族旺乐生娃。
固本龙传裔，培元脉有扠。
细推天下势，民众利无涯。

2018年2月21日

【题解】

古俗每年正月初七日为人日，这一天天气晴朗，预兆人丁兴旺，政通人和。众，众多。

戊戌元宵节感赋次李化锋会长

岁月怡怀雅兴牵，深情每赋月升天。
缤纷焰火歌盈道，闪烁灯辉句满篇。
百卉争开风雨后，千帆竞发浪涛前。
嫦娥奉酒翩翩舞，倩影随心处处圆。

2018年3月2日

次养根斋老师韵贺通化市创建诗词之乡

清和逸韵漫春岗，流派葱茏兴激扬。
雅律千篇书业绩，心歌万曲颂城乡。
政通德化民生富，气爽风馨国运长。
山水钟灵萦瑞霭，更研朱墨赋琼章。

2018年3月7日

贺诗词委专辑出刊

缤纷园地绽馨花，千首瑶篇美映霞。
隽永新声歌岁月，清灵短调赋桑麻。
暖男气质醇如酒，淑女情怀淡若茶。
缕缕幽香萦卷帙，催人逸兴正堪嘉。

2018年3月21日

卷四　词、曲

满江红·读吴禄贞戍边诗词感作

烽火边关，留多少、壮怀诗句。今读后，豪情奔涌，不胜钦慕。些许功名尘土弃，一腔浩气云空翥。激来者，蹈迹忘安危，从容戍。　东陲远，天富庶。妻子别，大荒路。幸专图手绘，报告心著。正义在胸倭虏退，丹忱满纸才思富。直教人，吟咏仰高风，新词吐。

2009年7月20日

纪辽东·长白山

白山高耸育三冈[①]，巍巍岭脉长。深谷溪流增秀色，丰沛润粮仓。　林海松涛听四方，青翠艳家乡。最喜霜花秋节到，大地换新装。

2009年10月3日

【注释】

①育三冈，出自刘建封《长白山记》：“长白山为王气所钟，襟三江，领三冈（老岭、龙冈、南冈）。”

纪辽东·浑江

浑江滚滚汇浑河，伙房扬碧波。泽惠辽南输乳液，百姓享恩多。　七城发展上高坡，风云涌泰和。兴旺一方滋各业，万户颂心歌。

2009年10月3日

【题解】

辽宁正在实施一项浩大的水利工程，即把浑江下游桓仁水库的水引入大伙房水库，然后再供应沈阳等辽南七城市工农业和两千三百万居民生活用水。浑河发源于辽宁清原，汇入大伙房水库。

纪辽东·黑陶

黑陶黏土世间稀，江源质更奇。媲美龙山追古器，百态更千姿。　　瓶壶筒罐耀明辉，乌金美誉之。致富收藏称宝货，世界定痴迷。

2009年10月3日

纪辽东·松花石

石结松花八亿年，震旦见青天。温柔细腻肌如玉，声洪质地坚。　　造化神奇叹自然，竞赋意翩跹。多姿多彩怡人魄，江源美占先。

2009年10月3日

纪辽东·荡平岭

峻岭荆榛漫野冈，云雾锁苍茫。松涛阵阵行豺虎，车轮阻大荒。　　设治安边拒列强，百役勇开疆。荡平艰险通衢畅，镌碑祝国昌。

2009年10月11日

纪辽东·曹家沟

荒沟默默本无名，曹居始有声。勉事耕耘禾稼茂，生计苦经营。　一朝饥客饱餐行，谁思日后评？时过百年编苦旅，齐颂古人情。

2009年10月11日

纪辽东·浑江源

条条幽涧水潺潺，涓流汇大川。一去不回奔鸭绿，造福始江源。　春来滋润百花鲜，夏浇堤岸田。草药林蛙秋野果，农父乐丰年。

2009年10月11日

纪辽东·枫叶岭

谁将画笔染霜天，岭枫红欲燃。干饭盆中秋色艳，险域在何边？　高峰肃立夕阳闲，晴岚隐瘴烟。曾报行人迷不返，止步莫流连。

2009年10月11日

石州慢·纪念杨靖宇将军在抚顺从事革命活动八十周年

举义中原，旋赴满洲，誓愿刚烈。千金寨里支书，火种矿山明灭。复兴工会，传播革命主张，一身虎胆称奇节。气正斗倭奴，护人民膏血。　　深雪。狂飙呼啸，奋起拼争，怒潮不绝。八十风云，犹记丰功能察。时空变幻，卅里煤海输金，长烟散尽天莹澈。继志奔康庄，铸和谐心铁。

2010年1月17日

【题解】

1929年7月，杨靖宇到抚顺任特别支部书记，开展矿山工人运动。曾两次被捕入狱，受尽酷刑，坚贞不屈。后被党组织营救出狱。

浣溪沙·农家夏日

翠薯葳蕤绽紫花，稻秧分叉吐青芽。和风细雨润桑麻。　　子燕出巢飞影渺，鸡雏破壳叫声喳。生机一派在农家。

2010年6月25日

采桑子·槐花诗会

携琴载酒吟旗舞，雅聚林冈。喜沐青阳，风送槐花淡淡香。　　荧屏结谊交心久，联句倾觞。谐律成章，一曲新歌韵满腔。

2010年6月26日

江城子·春到图们江

雪消长白汇春江，水苍茫，岸花香。商旅轻舟，破浪庆开航。竞发千帆奔大海，听涛唱，看鸥翔。　　百年屈辱苦封疆，寇猖狂，国无光。折楫停樯，忍恨痛离殇。日暖清波欣解冻，人振奋，舵成行。

2011年2月25日

浣溪沙·大连滨海路

欲享风光过海滨，蜿蜒坦道净无尘。白沙绿树草如茵。　　离岛浮波鸥鹭远，重峦叠翠霭烟新。青天碧水悦游人。

2011年6月8日

浣溪沙·通化赶马河村印象二首

一

巷口篱边种草花，池塘清浅戏鱼虾。小桥流水绕人家。　　生态怡人天地畅，乡风润物岁时佳。舒心日子妇孺夸。

二

林下栽参沟养蛙，日光棚膜菌生芽。青青架豆正开花。　　贴息支持增惠利，租金流转助田家。南山北岭绿桑麻。

2011年6月26日

【正宫】塞鸿秋·图们江古渡口次养根师韵

寒江汹涌离人渡，关山迢递斜阳暮。轻舟一叶乘风去。痴情三载牵肠故。回眸脉脉时，折柳殷殷处。相思已在心头驻。

2011年9月6日

八声甘州·纪念白乙化诞辰一百周年

叹河山破碎正飘摇，黎庶命沉沦。看关东义士，从戎仗剑，奋不惜身。挺进平西歼寇，捷报振黎民。陷阵血流碧，千古奇勋。　旭日重光华夏，喜城乡焕彩，面貌更新。更卅年开放，国力竞驰奔。念英雄、长眠地下，笑回眸、舒意自欢欣。应坚信，旌旗指处，万代常春。

2011年8月31日

踏莎行·远望高尔山

嘉树葱茏，回廊曲折。楼台雄峙山门阔。千年古塔矗巍峨，云天万里迎风雪。　见证沧桑，皈依神佛。绵延史册从头阅。升平如许境安澜，是非功过任评说。

2011年9月24日

诉衷情·高尔山抒怀

家山一派绽生机，天际彩霞依。浑河南北如画，市井众熙熙。 禾稼茂，柳林齐，醉心怡。城乡繁丽，不负蒸黎，志在宏期。

2011年9月24日

水调歌头·抚顺月牙岛生态公园

昔日河滩地，今赏沁芳园。繁花碧水迎客，入目尽澄鲜。快艇劈波踏浪，绿树小桥掩映。人在画图间。音乐喷泉美，装点月牙天。 生态好，民心畅，事无前。流连处处，谁家儿女舞翩跹。记取斜阳衰草，弥望金秋愿景，惬意满心田。伫立香亭久，隔岸醉溪烟。

2011年10月4日

浣溪沙·登天台道中

鸟道羊肠胆魄惊，志高偏向险峰行。崎岖视若坦途平。 并用四肢凭毅力，仰攀三径近苍冥。天台回望溢豪情。

2011年10月9日

浣溪沙·天华之秋

秋到天华染翠微，斑斓岭岫沁芳菲。桃鲜梨脆细鳞肥。　　野菊妖娆滋玉露，霜枫深浅沐霞晖。骚人兴逸不思归。

2011年10月9日

临江仙·游天华山西谷顶景区

西谷崔嵬千仞，观音送子峰奇。天书岩下草离离。鹿鸣春日暖，五虎啸晨曦。　　小路歌声回荡，抗联战火依稀。烽烟散尽业如霓。游人升敬意，石洞蕴生机。

2011年10月16日

【题解】

西谷顶、观音送子峰、天书岩、鹿鸣谷、五虎峰，石洞都是景点名。

卜算子·天华山灵光顶

才过紫云桥，便蹈仙踪迹。远眺灵光望岳峰，护宝山前立。　　联袂树依依，抱子情尤密。栖凤台边竞舞姿，奋起垂天翼。

2011年10月16日

【题解】

紫云桥、仙踪小径、灵光顶、望岳石、护宝峰、联袂树、抱子树、栖凤台都是景点名。

浪淘沙·贺东洲大桥通车

喜讯漫东洲，热舞红绸。一桥飞架解民忧。气宇恢宏姿靓美，壮丽愉眸。　　奋进莫停留，大业精谋。改天换地劲方遒。汗洒新城加速度，再演风流。

2011年11月5日

满江红·学习雷锋五十周年有感

滚滚红尘，传多少，英雄故事。唯记着，助人为乐，普通战士。一片丹心争国誉，满腔热血谋民利。最荣幸，得领袖题词，青春丽。　　半纪过，书新史。光阴久，情犹挚。任沧桑岁月，学风还炽。地动山摇迎难上，泥流海啸趋身止。堪欣慰，有烈性男儿，承先志。

2012年1月25日

满庭芳·赞抚顺雷锋讲坛

大众平台，英雄魅力，讲坛感动煤城。社区工厂，学校并军营。激荡心潮振奋，情深处、难止涕零。如春晓，轻风喜雨，润物细无声。　　传承。肩重任，创新形式，开拓文明。引火炬熊熊，启迪人生。再造核心价值，身边事、最受欢迎。和谐路，加油给力，万里跨鹏程。

2012年1月27日

西江月·建州三关

险地安边要塞，建州锁钥三关[①]。崇山峻岭势摩天，攻守从容应变。　扎喀龙蟠虎踞，代珉扼控峰巅。豹头雅哈峭垣坚，佑护家园一片。

2012年2月24日

【注释】

①建州三关在新宾县上夹河到木奇镇之间，是建州女真修建的军事设施。各关的名字依次为：扎喀关、代珉（意为鹰）关、雅尔哈（意为豹）关。现城墙遗址依稀可辨。

菩萨蛮·界藩山城[①]

环垣险峻凭山势，难攻易守何须计。二水护城安，巍巍铁背山。　乾坤思奠定，制胜非天命。谁助后金功？危崖气象雄。

2012年2月24日

【注释】

①界藩山城在距抚顺三十五公里的铁背山上。初为建州女真所建，后被努尔哈赤占领。努尔哈赤在这里指挥了后金击败明军的萨尔浒大战。

浣溪沙·春游金风湾

潋滟波光水一湾，近堤远岸旧苍颜。春迟未见草花鲜。　栖鸟惊飞翩影尽，游人嬉乐惬心闲。谁牵纸燕上云天。

2012年4月15日

浣溪沙·天女木兰

仙种翩翩绝世尘，临凡择地降青云。芬芳岁岁醉游人。　　嫩蕾初张逢雨露，柔枝摇曳比瑰珍。东来紫气满乾坤。

2012年5月25日

采桑子·辉发古渡口

盘桓古渡寻遗址，堤柳清芳。十里清芳，一带林园沐夕阳。　　长桥伟岸车轮迅，久别帆樯。再树帆樯，满载新歌又启航。

2012年8月10日

菩萨蛮·辽金古城

辽金古邑人烟密，斑斑器物沧桑逸。百里五城连，江山几代延。　　关东多战火，被难乡邦破。大地荡风云，梅河日日新。

2012年8月10日

浣溪沙·鸡冠山情人谷

吟侣游山结伴行，情人谷秀踏诗程。奇花异草沁香盈。　　携手登高怀意畅，并肩履险鉴心明。共攀峻峭忆曾经。

2012年8月10日

水调歌头·磨盘湖船上

鹭隐霞边树，鱼跃碧波涟。舟犁绿水披浪，影散镜中天。遥望长空尽处，隐隐峰峦无数。叠嶂似屏环。迎面轻风爽，喜悦漾心田。　瑶池近，云程远，意态闲。诗情挹满，览胜琢句写湖山。描绘斑斓色彩，融汇清灵意韵，漱玉咏新篇。不负主人雅，更与众君欢。

2012年8月11日

满江红·凭吊平顶山惨案同胞遇难八十周年

义愤填膺，面对着、同胞遗处。心头恨，仇肠郁结，满腔激怒。八十年来谁忘记，三千命丧须赔付。应清算，血债拒偿还，天难恕。　军国梦，迷不悟。研利器，张弓弩。叫嚣声嘶竭，衅旗频舞。武运衰微妖道险，战歌雄壮铜墙铸。记深仇，众志定成城，金瓯固。

2012年8月11日

海龙吟·满乡风情之家居用具四首

一、火盆

才装炽炭鲜红，顿享严冬温暖。合家欢笑，乐春风浸满。　人心诚朴无欺，品质平和随愿。热忱如火，冀真情相伴。

2012年10月9日

二、火炕

黄泥石板铺成，枯草劈柴烧热。爱心浓烈，恋乡情亲切。　狂风呼啸凉初，暴雪飘飞寒彻。有窝巢在，运生生不灭。

2012年10月9日

三、爬犁

结冰方便山民，削木制成工具。简单轻快，用随心所欲。　樵夫峻岭砍柴，农父平畴积土。省时增利，助勤劳致富。

2012年10月10日

四、大铁锅

烹调清淡汤羹，蒸煮喷香饭菜。称心如意，胜春秋鼎鼐。　难忘昔日贫穷，更喜今朝康泰。味常鲜美，证今天气派！

2012年10月10日

清平乐·冬日农家

丰年大雪，快活冬仨月。酿酒宰猪忙过节，老少欣欣喜悦。　棉衣保暖新裁。棋牌局社常开。眼看年关将近，打工汉子归来。

2012年12月31日

鹧鸪天·春游

又是风香柳色新，郊行野陌草如茵。清溪沙浅鱼藏影，翠岫林繁鸟隐身。　　歌婉转，兴欢欣，登高望远踏青垠。畅怀席地松阴里，把酒分题共咏春。

2013年3月28日

菩萨蛮·重游三块石

无边绿海峰峦聚，天梯险峭增游趣。登顶更开怀，十年矜再来。　　披风听万籁，最赏原生态。石罅涌飞泉，山花蕊竞妍。

2013年6月6日

菩萨蛮·过蒙古黄榆林

铜枝铁干根深固，蔚然成片珍稀树。炎夏沐骄阳，从容色更苍。　　不忧沙瘠薄，终年遮荒漠。绿影遍芳垓，三春少雾霾。

2013年8月15日

临江仙·游向海湿地

从苇平铺原野碧，汀湾交错深藏。滢滢绿水映天光。游人欢乐岛，大美鹤家乡。　淡定忘机逢此日，有些烦扰何妨？采风撷韵路长长。凝眸搜绮句，归去写新章。

2013年9月15日

菩萨蛮·甲午留题

创伤痛彻何时雪？今逢甲午情尤烈。旧恨未冰消，新仇卷怒涛。　时移驱势易，崛起中华纪。利剑护东疆，狂飙净鬼伥。

2014年2月12日

浣溪沙·游丹东长河岛

绿树婆娑鸟韵娇，墅楼掩映望江潮。秋千架荡彩裙飘。　木屋人闲传笑语，灶台鱼美醉香醪。且歌且舞任逍遥。

2014年5月5日

菩萨蛮·江畔人家

门前一道清江水，篱边怒放桃花蕾。日夜枕涛声，芬芳爽气萦。　心诚迎客旅，情热招财聚。铁釜巧烹煎，全鱼宴味鲜。

2014年5月7日

沁园春·夜游月牙岛

月色朦胧，水气清凉，接踵游人。看月牙岛上，华灯璀璨，柳湖岸畔，雅乐欢欣。轮滑穿梭，风筝翔宇，舞蹈秧歌太极神。星空下，赏喷泉舞秀，光影缤纷。　　曾记湿地河滨，遍荒草、沙滩乱莽榛。喜为民造福，还原生态，为乡谋利，答报亲恩。筑路修桥，栽花种树，引水行舟拓渡津。从今后，任休闲逛景，众乐芸芸。

2014年5月17日

菩萨蛮·瞻仰抗联营地遗址有作

山高路险荆榛聚，一间地窨遮风雨。野菜作军粮，和衣入梦乡。　　黄昏闻线报，夜袭争分秒。交火杀声喧，凯旋听杜鹃。

2014年6月8日

浣溪沙·浑河源登山道中

绿海无涯野径平，弃车信步氧吧行。几回驻足觅莺鸣。　　浅浅清流山脚汇，长长枯木草丛横。泉边题字韵轻灵。

2014年6月16日

采桑子·滚马岭

逶迤峻岭横天际，郁郁苍苍。造福一方，辽水源源谷底藏。　相传滚马因贪景，迷恋风光。今更风光，滋润七城誉满乡。

2014年6月16日

菩萨蛮·恩泉山庄生态园

休闲娱乐山庄好，赏花垂钓无烦恼。钢索吊桥长，悠悠似蹦床。　游鱼追影散，鸡鸭啼声乱。野豕窜林中，樱桃满树红。

2014年7月21日

菩萨蛮·江城森林植物园

山光水色亭台汇，如诗如画游人醉。涉险过虹桥，心惊步步摇。　野狐林下憩，锦鲤清波戏。拾级过丘峦，轻松绕岸环。

2014年7月21日

菩萨蛮·登南照山

高低栈道松荫底，听莺婉转花丛里。迤逦过山门，心知月有痕。　峰头凝远眺，白日长空耀。若要养心宽，常来一路攀。

2014年7月21日

菩萨蛮·绕盈河景观带

依依翠柳笼烟淡，曲虹桥下清波湛。两岸景观多，凭栏赏碧萝。　新城围绿水，人爱家乡美。漫步意休闲，笙歌悦耳边。

2014年7月21日

醉东风·太和甜瓜园

民丰物阜，棚膜连南亩。瓜味飘香田边售，欣看农家致富。　放心绿色求严，游人咂口称甜。饮誉四方争购，产销协议全签。

2014年7月22日

醉东风·东丰县树

根盘大地，随处弥生气。雨雪风霜浑不理，贫瘠丰肥何计。　密林群鹿栖身，燃烧化热成尘。最是能工巧匠，情钟富丽花纹。

2014年7月23日

采桑子·龙头山遗址

龙头遗址青铜迹，石斧刀锄。鼎罐陶壶，拙朴人工形制殊。　万年演化沧桑路，历尽艰途。总写新图，劳动催生信不诬。

2014年7月27日

采桑子·小西岗遗址

村临溪水谋生利，渔猎耕耘。合族相亲，白釉增辉陶片新。　人烟辐辏平安世，其乐欣欣。灾祸频频，岁月终归玉石焚。

2014年7月27日

菩萨蛮·游天女山路边凉亭小憩

初来天女游人老，凉亭小憩心情好。一路伴溪声，莺鸣树里听。　楹联禅意足，似享春风沐。意惬忘疲劳，从容步步高。

2014年10月12日

采桑子·蒿子湖抗联密营杉松烟囱

枝头拥翠轻风袅，树洞烟飏。飘向何方？融入青天月色苍。　军营秘驻临湖畔，地窨深藏。蓄锐磨光，勇赴疆场灭虎狼。

2014年10月23日

菩萨蛮·抗联李子林

农家地里挥锄手，扛枪为灭东洋寇。虽入抗联军，能持本色勤。　屯田栽李树，习武花香吐。秋后果累累，兵民共举杯。

2014年10月23日

渔家傲·萨尔浒怀古

锦嶂如屏环碧水，当年笳鼓风云会。十万大军三日溃。身无畏，元戎陷阵旗精锐。　旖旎山光游客醉，鹭飞鱼跃清波翠。难忘烽烟曾愤恚。何须昧，天湖浸满征夫泪。

2014年11月15日

菩萨蛮·新农村陈家店

汇丽争芳奇葩艳，文明富裕陈家店。田亩驶农机，池塘鹅鸭嬉。　广场歌舞美，学校萌花蕾。科技绘宏图，人人夜读书。

2014年11月29日

离亭燕·初雪

几滴丝丝凉雨，向晚渐凝银蝶。曼舞九天迷四野，阻断归家心切。凌乱践成泥，战战谁能防跌。　一宿朔风尤烈，晨起临窗欢惬。洗尽尘霾天湛湛，只是车轮蹀躞。红日上晴空，阡陌溪流清澈。

2014年12月5日

菩萨蛮·秋游龙岗山

巍峨峻岫青霄立，险崖峭拔群峰集。云雾涌山间，青松屹岭巅。　幽峦聚飞鸟，秘境人烟少。览胜趁霜晴，晶莹玉树凝。

2015年1月11日

菩萨蛮·冬游龙岗山

岩崖交错峰峦聚，桃源隐秘知何处？冰雪覆青松，娇杨瑟瑟中。　流云生谷底，瀑落浓荫里。或许隐幽人，躬耕此地春。

2015年1月11日

一剪梅·吉林凇韵

天赐银装靓水皋，淡雅含娇，自赏清标。微风过处雪潇潇，漫舞柔条，气韵难描。　一近琉璃客兴豪，如入仙巢，如品香醪。四方游侣慕名高，岁岁相邀，日日花朝。

2015年1月23日

临江仙·贺养根师《寻访额赫纳殷》付梓次明·杨慎韵

百日踏查行万里，一腔浩气沉雄。秋深几见雁横空。夜归星灿烂，朝发日初红。　　俊裔心明捐祖谱，昭彰额赫遗风。千载机遇确难逢。拓荒留绮卷，甘苦乐其中。

2015年1月31日

清平乐·沈阳药师寺

飞檐伟岸，法相金身灿。杨柳依依花烂漫，净地药师禅院。　　翩翩妩媚娇娥，衣裙长袖婆娑。修到菩提境界，身心安泰祥和。

2015年4月27日

菩萨蛮·汉服禅修

自裁汉服心灵巧，长襟宽袖人姣好。兰若悟禅修，因期品性优。　　喧嚣尘世累，宁静求和美。入定六根清，浩然心地明。

2015年4月27日

采桑子·禅茶一味

汤鲜叶嫩芳香溢，品味尤亲。清淡归真，方寸壶中锦绣春。 延年益寿祛邪气，醒脑提神。雅撰诗文，一盏龙芽辞采新。

2015年4月27日

蝶恋花·梨花节雅聚

密密团团香漫坞。玉树银装，风过翩翩舞。何意花开春已暮？只因蜂蝶邀同处。 新雨微凉知夜住。晓日红时，喜上青岑路。雅客远来应不负，重逢尽把相思诉。

2015年5月3日

菩萨蛮·集安高句丽贵族墓壁画

巍峨大墓身家贵，千年壁画丹砂绘。衣带舞翩跹，诸神遨九天。 伏羲形健伟，娲女姿殊丽。四象①溯根源，中华一脉传。

2015年5月13日

【注释】

①四象，指青龙、白虎、玄武、朱雀，古代谓之四象。

浣溪沙·暑日高湾梨园雅聚有作

野径丛深碧草萋，玲珑青果压枝低。林间飞鸟几声啼。　　树下弄姿留倩影，桌前裁句赋新题。清凉一日醉心怡。

2015年8月16日

菩萨蛮·参加庆祝颁金节活动感赋

翩跹水袖骄姿舞，颁金共庆和谐谱。欢笑漫城乡，秧歌队队长。　　龙岗催启运，苏水传佳讯。父老尽开颜，同期好梦圆。

2015年11月26日

一剪梅·读纳兰词

卅载生涯一卷留，初读心勾，再读心揪。清词飘逸总怀忧，一阕离愁，一阕悲秋。　　才调无伦世上游，德艺双修，蕴藉风流。贤名垂范任长讴，天道幽幽，天地悠悠。

2015年12月26日

浣溪沙·长白山三洗泉

汩汩清流赐福泉，真容隐秘绕林间。寻来一路费辛艰。　　洗面娇如花艳丽，净心明似月悠闲。冰魂更赛阆中仙。

2016年1月3日

菩萨蛮·参观萨满部落博物馆感怀

琳琅展品珍稀物，关东文化存风骨。件件证沧桑，游来爱大荒。 图腾明寓意，宏略从长计。观后涌心潮，天蓝地更遥。

2016年1月3日

浣溪沙·神坛山朝圣台

跪倒仙台拜圣山，纳祥祈福九霄间。风调雨顺庆丰年。 长白巍峨穷大美，神坛伟岸壮高原。君临诚敬谢苍天。

2016年1月3日

菩萨蛮·长白山萨满部落

山幽树密藏人处，杀机四伏汗毛竖。头上美人刀，林中隐大雕。 风号如咒语，忐忑心尤怖。一去速回还，兢兢过五关。

2016年1月3日

菩萨蛮·萨满部落木鼓

掏空巨木天然鼓，可传号令能驱虎。一擂震山乡，声威应四方。　吉时迎嫁女，大旱曾求雨。社戏庆丰收，放歌天地悠。

2016年1月3日

菩萨蛮·神坛山石人阵

神坛石阵何人置？加封长白春秋祭。世代礼苍天，敬诚黎庶安。　谜成殊未解，远客何由怪？岁月任浮沉，东荒底蕴深。

2016年1月3日

浣溪沙·爱情林

祭火联姻喜合欢，山家血脉庆绵延。神奇部落继年年。　野外交心留信物，床头连理赠花环。密林深处好情缘。

2016年1月3日

浣溪沙·长白山树瘤

许是伤怀积闷忧，机能扭曲渐生瘤。不堪忍受几春秋。　怪状畸形增一景，多情游客赏无休。聚观齐赞不虚游。

2016年1月3日

采桑子·萨满神衣

大红大绿青蓝紫，色彩缤纷。别样衣裙，莫辨灵仙哪路神。　　铜铃手鼓长缨帽，舞动腰身。轻启朱唇，咒语声中万物欣。

2016年1月4日

采桑子·萨满腰铃

铃声清脆腰间系，抖擞神威。上下翻飞，自报家门我是谁。　　般般法器强身手，刀剑生辉。剪断伤悲，除恶祛邪得胜归。

2016年1月4日

采桑子·冬游绿渊潭瀑布

晶莹冰柱高崖立，素练蹒跚。忍泣涟涟，瘦影难为夏日欢。　　若藏若现琴声咽，羞涩赧颜。只盼春天，水泛桃花赏大观。

2016年1月5日

采桑子·长白岳桦

身姿不若骄杨美，老干横斜。漫展枝桠，欲数风流信有差。　　扎根长白心无悔，不饰铅华。相伴山花，乐享时光沐彩霞。

2016年1月5日

一剪梅·一山一蓝生态园品味人参花茶

长白名茶蓓蕾珍，最美人参，最益人身。天然补品性无伦，可止头昏，解热生津。　　采集烘干烈日熏，劳作殷勤，硕果欣欣。孝家甄选奉双亲，回报鸿恩，阖室同春。

2016年1月7日

一剪梅·一山一蓝生态园体验蓝莓系列产品

特喜冬游驻雪乡，生态名扬，体验芬芳。一山物产做文章，莓酒绵长，莓酱醇香。　　游遍园区感荣光，专利恒强，产品琳琅。创优守信步康庄，立足东荒，中国之窗。

2016年1月7日

清平乐·一山一蓝生态园露天温泉浴

温泉水好，浅浅清池小。闭目怡神思虑少，热气升腾飘缈。　开怀不觉更深，天河已见星沉。今夜悠悠好梦，明朝必有佳吟。

2016年1月7日

减字木兰花·长白山林蛙油

雪蛤稀有，粗放加工传已久。生物高科。活性蛙油造福多。　阴虚体弱，焕发容颜情振作。心悸无眠。一梦深沉彻晓天。

2016年1月7日

临江仙·步《甄峰岭摄得长白山披红奇观》韵赠养根斋老师

山若银蛇起舞，蜿蜒横亘苍穹。踏查勘验效愚公。乐观千顷白，幸赏一天红。　为睹天池圣境，峰巅聚首群雄。艳阳清澈破朦胧。心诚逢瑞兆，意惬舞长风。

2016年1月13日

清平乐·腰站村访古

街头漫步，古驿知何处？篱落稀疏围老树，几缕斜阳将暮。　老墙柱础留痕，分明福寿花纹。下马石台无语，游人揣测纷纷。

2016年1月31日

清平乐·上元随记

金猴献瑞，又沐东风醉。一碗汤圆香品味，自觉舒心度岁。　堂前蜡炬红烧，烟花直上云霄。闲看宫灯走马，回头玉兔升高。

2016年2月21日

菩萨蛮·丙申上元遇雪

去年未见中秋月，已知此日天飞雪。傍午渐纷纷，须臾四野新。　秧歌沾翠袖，猜谜人邀酒。焰火绽高空，花灯点点红。

2016年2月22日

浣溪沙·郊行漫笔

渐退余寒日日晴，寻春郭外伫沙汀。淙淙野水细波平。　滩上虽枯芦苇老，堤边乍泛柳梢青。悄然涂抹报清明。

2016年3月29日

采桑子·冰凌花

凌寒独占清晖早，俏影争先。丽质娇妍，品似红梅可比肩。　幽香沁远何能妒，蜂蝶无缘。含笑无言，只扮春光谢大千。

2016年3月29日

破阵子·纪念红军长征胜利八十周年次养根斋老师韵

赤水滔滔恶浪，岷山莽莽狂风。皮带草根撑几日，劫匪追兵破万重。长驱北又东。　伟略随心伏虎，长缨在手屠龙。百万雄师频亮剑，八十征程未挂弓。情怀世代同。

2016年4月2日

菩萨蛮·登龙首山见日俄战争遗迹有感

依稀堑垒犹真切，遥思当日烽烟烈。草树掩荒基，绵绵恨有期。　豺狼争霸主，岂任群魔舞。东海吠妖声，吴钩匣里鸣。

2016年4月27日

浣溪沙·登龙首山四望阁

高阁登临眼界宽，纵眸四望喜凭栏。一方新貌认乡关。　　波涌柴河飘玉带，岭围龙首秀青天。深情注目久盘桓。

2016年4月28日

采桑子·题铁岭八景石雕诗画廊

银州八景如诗画，饮誉关东。荟萃廊中，幅幅精雕匠意通。　　善调仄韵五言绝，气韵兼工。技法归宗，一代名流雅士风。

2016年4月28日

清平乐·题龙首山秀峰塔

高冈耸立，多少游人觅。踏遍青山神奕奕，秀塔长留记忆。　　巍然直插云空，亭亭骄影玲珑。装点银州胜境，四方春意浓浓。

2016年4月28日

菩萨蛮·端午旧忆

一枚鸡蛋香端午，青青艾草闻微苦。米粽味尤浓，村妞指甲红。　　龙舟邀请赛，民俗传千载。新酒祝丰年，清和五月天。

2016年6月3日

菩萨蛮·红河

溪流澄澈源山岭，连绵屏障天然景。两岸百花香，农家苦日长。　明知风浪险，创意凭忠胆。十里任漂流，乡亲富旅游。

2016年6月12日

浣溪沙·香莲墅荷塘留题

绿水石桥连墅楼，启门惊见碧塘幽。亭亭莲叶似含羞。　装点雅居庭院美，调和生态雨风柔。乡村小景也堪游。

2016年7月7日

浣溪沙·题新开村古井

渐近新村伫醴亭，百年古井水犹清。甘泉一脉久闻名。　浇地能滋乡富庶，养人定使性聪明。源源见证一方兴。

2016年7月7日

清平乐·快大茂

关东名镇，要塞山川峻。物阜民丰施政顺，地杰人灵好运。　人文生态和谐，目标又上台阶。展望明天美景，新潮注满长街。

2016年7月11日

采桑子·参观繁荣村软枣子种苗繁育基地留题

青青藤蔓新苗小，横竖成排。架柱深埋，引向高枝嫩蕊开。　扶贫项目求精准，致富根栽。日子升抬，雅客洪吟好句裁。

2016年7月11日

减字木兰花·江沿村香瓜种植基地

塑棚宽阔，铁骨钢筋光照彻。翠绿芬芳。弥漫空间扑鼻香。　品尝甜脆，唇齿留馨骄美味。培育名牌。致富攻坚新路开。

2016年7月11日

菩萨蛮·通化金龙湾度假村

青山旖旎龙湾美，碧波潋滟清江水。度假有新村，声名远近闻。　全羊风味正，鲜鲤烹调胜。何日得休闲，关机住几天。

2016年7月11日

浣溪沙·题浑江龙湾渡口

一叶轻舟去复来，行人登岸笑颜开。热心迎送助翁孩。　　商海打拼初上路，龙门腾跃定成才。天天过往巧安排。

2016年7月11日

浣溪沙·湿地公园观水

或做溪泉或做塘，淙淙汩汩亦汪汪。近堤远岸沁花香。　　鱼戏清波观自在，鹭飞碧水现匆忙。生机一派在沧浪。

2016年7月11日

菩萨蛮·游大伙房湿地公园

野塘连片丛林密，翠荷秀菊清香溢。蝶舞绕枝头，行人惬意游。　　高低通栈道，远近听欢笑。百鸟唱林间，放歌生态鲜。

2016年9月11日

浣溪沙・马坟岗遗址

山水相依地脉长，古村繁盛踞平岗。人烟汇聚事农商。　台地依稀轮廓现，风云变幻正邪彰。应知天道在沧桑。

2016年9月27日

菩萨蛮・中沙村石棺墓

石棺墓冢高山葬，意占风水家兴旺。陶罐骨灰存，幽幽寄梦魂。　何年留史迹？考证谈何易。上古有人居，推论定不虚。

2016年10月2日

清平乐・牤牛河

水源丰沛，清澈山泉汇。茂密丛林添植被，两岸江村米贵。　春来修埂抛秧，夏生稻蕾芬芳。世代耕耘不辍，泽润富庶郊乡。

2016年10月2日

菩萨蛮・本溪南天门

蜿蜒国道河边走，停车远眺寻垭口。缥缈霭茫茫，南天一色苍。　风光无限好，拍戏诚难找。谈笑凯歌还，英雄儿女传。

2016年10月9日

巫山一段云·下马塘大东沟

翠谷葱葱绿，清溪缓缓流。好山好水在东沟，远客喜优游。　赏景闲情悦，吟诗雅兴悠。人生到此复何求？潇洒度金秋。

2016年10月9日

菩萨蛮·峡谷瀑布素描

秋来雨少溪流束，单丝一缕难成瀑。珠玉落高崖，泠泠溅水花。　瘦身形好看，拍照留思念。鸟语伴泉声，和鸣更动情。

2016年10月9日

采桑子·关东农家工具大全留题

关东农具传家宝，铁制钩叉。木制连枷，知有乡民几代拿。　耕耘不辍时光老，不负年华，不要人夸，记忆长留岁月遐。

2016年10月17日

浣溪沙·过腾龙栈道

板路宽平结构齐，形随地势架虹霓。一川风景望中迷。　碧水蜿蜒流左右，苍山旖旎逐高低。秋林醉赏五花衣。

2016年10月17日

浣溪沙·咏七彩吊桥

七彩吊桥河谷横，钢丝钢缆重能承。匠心独运得芳名。　　长寿人生期旺子，吉祥命运感恩情。东来紫气助收成。

2016年10月17日

【题解】

筐子沟景区有七座吊桥，涂以七种颜色，故名曰“七彩桥”。各桥另有命名，依次为：好运桥、收获桥、感恩桥、长寿桥、超越桥、旺子桥、吉祥桥。

鹧鸪天·贺新春步霜月含秋韵

丽句清词不染尘，梅开华夏满屏春。辽东塞外骚风劲，漠北江南时雨欣。　　诗韵正，墨香醇，传承精粹塑灵魂。夙兴夜寐耕耘者，大雅情怀追梦人。

2017年1月22日

【题解】

霜月含秋，本名张金萍，大连诗人，大连市诗词学会副会长，华夏诗词论坛站长，华夏诗词学会会长。2016年曾当选辽宁省诗词学会副会长。

清平乐·为台沟村农家送春联感赋

迎春喜到，福进农家笑。词句新编书法好，贴上门楣荣耀。　　旅游生态村庄，北湖已是名乡。文化提升特色，鸡年大有文章。

2017年1月22日

清平乐·人日立春

碧空深窈，人日逢春巧。佳节成双心愿好，岁岁福多苦少。　青春似虎犹龙，夕阳绚丽如虹。共享安康岁月，长歌人寿年丰。

2017年2月5日

菩萨蛮·清明日山中即景

苍峦霭霭村烟渺，清晖明媚云空皎。苏水傍龙山，碧波泓一湾。　野花开竞艳，绿上新芽染。吐纳沁芳馨，流连绮韵生。

2017年4月2日

菩萨蛮·郊行留题

休闲最爱郊乡美，徜徉十里山和水。翠霭绕农家，红黄五月花。　村溪辉晚照，堤树新妆俏。沐野散幽香，莺飞百草长。

2017年5月18日

浣溪沙·铁岭莲花湖记游

柳岸参差水面遐，莲池十里碧无涯。怡人满眼秀荷花。　　湖畔闻香能醉客，林间借宿不还家。晨听莺语夜听蛙。

2017年7月16日

清平乐·游铁岭龙首山

林深树密，岭岫连青碧。古寺新亭犹历历，高阁登临兴溢。　　城中有此奇山，清幽最适休闲。雅客名人留迹，依稀往事如烟。

2017年7月28日

采桑子·咏锡伯族图腾

背生双翼头生角，叱咤风云。足踏祥云，锡伯村中福佑民。　　敬天敬地平安岁，万物相亲。泽被乡亲，雨顺风调泣鬼神！

2017年8月1日

清平乐·游沈阳莲花湖

荷风柳岸，画舫波心转。童叟熙熙行曲栈，指顾莲花烂漫。　　偕来白发同窗，不拘人笑疏狂。也敢搔姿弄影，丝巾扮靓新妆。

2017年8月6日

清平乐·参观靖宇农民画

美轮美奂，笔绘庄稼院。幅幅丹青骄画苑，深得行家点赞。　　圆圆胖胖人参，葱葱郁郁松林，湛湛甜甜泉水，山乡洋溢佳音。

2017年8月14日

行香子·游祥和度假庄园

锦绣庄园，世外桃源。体风情、欧式休闲。月湖碧澈，花海明鲜。看游人多，女人笑，老人欢。　　无悔华年，品性端妍。赋真情、佳作篇篇。胜游兹地，下笔生嫣。定新歌悠，老歌美，对歌圆。

2017年9月9日

一剪梅·记湖光秋夜诵婵娟晚会

旖旎湖山八月天，碧水澄鲜，玉镜初圆。湖光秋夜诵婵娟，诗也篇篇，歌也喧喧。　　百里采风到千山，一路心欢，情漾心间。京腔京韵美难言，融了溪泉，醉了心田。

2017年9月9日

浣溪沙·庄园晨起

月挂西天影在湖，新花带露柳扶疏。幽香沁腑自由呼。　　飞鸟凌空高树落，游鱼跃水碧波铺。弯弯小径绕芳梧。

2017年9月9日

行香子·穿越红河谷

沙路蜿蜒，壑谷斑斓。跨溪流、穿越河滩。纵眸左右，指顾崖巅。更浴秋光，醉秋水，赏秋山。　　汽笛声欢，远客盘桓。慕名来、乐享休闲。姿留倩影，心寄流连。正金风爽，惠风畅，雅风翩。

2017年10月3日

菩萨蛮·菩提山

青岩形似菩提树，根深叶茂迎寒暑。一水任漂流，风驰破浪舟。　　平安因你在，声震云天外。顿悟佛家言，感恩崇自然。

2017年10月5日

浣溪沙·双乳峰

谁赐青山造化雄，天然巨乳耸双峰。游人远望竟颜红。　　峻伟岩崖承玉体，葳蕤云树掩酥胸。仙姝含媚隐娇容。

2017年10月16日

清平乐·秋游红河谷

漂流季过，一坝蛟龙锁。深谷无船游人夥，岭上云飞朵朵。　　坡头簇簇枫红，斑斓映照溪中。穿越游人惬意，静听流水淙淙。

2017年10月6日

采桑子·红河谷石头桥

石头成列铺排巧，横跨溪河。脚下频挪，跳跃疾行踏浪波。　　无须设计蓝图好，匠意凭多。诗意婆娑，一路休闲一路歌。

2017年10月6日

浪淘沙·鸡冠岩

怪石造型奇，肖物随机。财神菩萨信非疑。又似雄鸡河畔立，昂首鸣啼。　　惊叹自无欺，何止心迷。一方山水一方宜。鬼斧神工增逸兴，润我灵犀。

2017年10月6日

采桑子·题辽阳碑林

古碑厚重珍稀品，青史长存。百计留存，加罩密封防土尘。　　年深日久风霜烈，犹见诗文。悦赏奇文，莫使荒芜韵总新。

2017年10月17日

采桑子·秋柳

丝绦如玉风姿俏，妩媚轻盈。身影亭亭，春夏怡人入眼青。　　秋来肃杀无宽意，何惧霜凌。何惧凋零，雪暴风狂塑我形。

2017年11月14日

行香子·落叶

久盼春归，喜沐清晖。对莺燕、笑展舒眉。情迷绿野，心恋芳菲。正风中歌，雨中舞，雾中偎。　　夜露晨曦，倩影萋萋。任炎暑、共度佳期。凭枝欢悦，落地欣怡。乐听秋声，赏秋色，化秋泥。

2017年11月16日

行香子·腊日郊行

云树苍苍，雪野茫茫。任寒流、凛冽凶狂。风中惬意，漫步郊乡。看新庭院，宽油路，小村庄。　　集市开张，酒馆飘香。过街头、绿袄红裳。谁家聘女，鼓乐铿锵。正烟花脆，歌声美，贺联长。

2018年1月24日

行香子·冬怀

紧裹绒装，呵气成霜。逆寒风、挺起胸膛。河堤健步，一路阳光。看汀中柳，林中鸟，雪中羊。　　节序如常，大冷何妨！顺天时，砥砺刚强。欲穷其乐，天地为房。恰心花盛，诗花艳，汗花香。

2018年1月28日

卜算子·赴三块石老区为村民送春联感记

喜讯漫山村，送福农家院。幅幅佳联措语新，老少纷纷赞。　　下笔墨淋漓，尽写心中愿。共祝城乡岁泰丰，业顺人康健！

2018年2月6日

浣溪沙·远足过谷石沟

假日郊行过岭涯，盘旋山路静无哗。鸡鸣林下野人家。　　门上桃符红耀眼，园中棚菜绿生芽。乡村小调透篱笆。

2018年2月25日

行香子·早春游萨尔浒

岁序残冬，春信朦胧。入山来、快意由衷。冈峦雪覆，溪涧冰封。看松枝翠，柳枝软，桦枝空。　　小憩亭中，逸兴葱茏。乐休闲、动静从容。迈开腿脚，愉悦心胸。愿诗情烈，乡情炽，友情浓。

2018年2月25日

行香子·陌上花开

陌上花开，缓步归来。漾诗情、潮涌心怀。思萌逸兴，笔赋新裁。记花儿笑，风儿爽，蝶儿乖。　　漫步楼台，伫立徘徊。望乡关、绿野芳垓。游人处处，绿树排排。盼人无恙，天无咎，地无霾。

2018年3月22日

跋

2018年3月16日清晨，我突然发现手机微信里多了一个名为“长白山诗派丛书”的聊天群。点开看下去，不由得喜上心头，百感交集，一时兴奋地不知说什么才好。原来，这是由吉林省诗词学会会长、吉林省长白山文化研究会会长张福有老师于前一晚新建的一个群。最先映入眼帘的是一个关于编撰“长白山诗派丛书”的通知。“通知”中说：“为了贯彻落实习近平新时代中国特色社会主义思想，增强文化自信，培育、建设长白山诗派，在吉林省委宣传部和吉林省财政厅的大力支持下，吉林省诗词学会、吉林省长白山文化研究会与时代文艺出版社，争取到文化产业基金项目，编撰、出版“长白山诗派丛书”，首批三十本”。“通知”还说“长白山诗词是长白山文化的精粹。编辑出版“长白山诗派丛书”，旨在贯彻落实党的十九大精神，以习近平新时代中国特色社会主义思想为指导，加强长白山诗派建设，传承长白山文化，以诗词的形式弘扬长白山精神，巩固改革开放和文化建设的成果，增强文化自信和长白山文化、长白山诗词的生命力、影响力、感染力，以诗纪事、以诗化人、以诗证史，增加学术储备，提升东北边疆软实力，推动东北振兴和吉林全面发展。”

“通知”还公布了第一批入选丛书的三十名作者的名单。我往下看去，“《刘丰田诗词选》”，我的名字赫然在列！后面还进一步说明“关东诗阵黑龙江、辽宁各上一位”。同时，还把我列入3月25日前交稿的第一批作者之一。并把我吸收为编委会成员。“通知”的落款是：吉林省诗词学会。

看完这个通知，我真是心潮起伏，激动不已。难得吉林省诗词学会以及关东诗阵领导这么看重我，给了我这么崇高的特殊待遇。一时间，过去十年与关东诗友交往的一幕幕经历涌上心头。

最初知道“中华诗词论坛·关东诗阵”，还是从2008年第二期《长白山诗词》上，那期的杂志中刊登了关东诗阵一百三十多名作者的五百多首诗词作品。读着那一首首诗词佳作，我心中真是仰慕不已。我就想，等我学会操作电脑，学会上论坛，一定要加入关东诗阵这个队伍。终于，在2009年1月9日，我的愿望实现了，成功注册了关东诗阵，受到关东诗友的热烈欢迎。3月26日，我又接到首版耐寂轩主老师的一个电话，他诚恳地邀请我做关东诗阵版主，我真有一种受宠若惊的感觉，立即答应了他。就这样，我前后两度出任关东诗阵版主，时间长达六年。和关东诗友结下了深厚的友谊。

加盟关东诗阵的近十年间，除了网上论坛交流以外，还参加了十三次采风活动，三次新书发行座谈会，作过四次大会发言，在江源采风、通榆采风和《纪辽东》创作活动中先后三次被评为“十佳”作者，得到了证书，还拿到了奖金。更主要的是向关东诗友学到了许多新的知识，开阔了自己的眼界，促进了个人诗艺的提高，丰富了自己的人生阅历。这十年间，我参加采风活动中创作的有关关东诗阵、有关长白山、或反映吉林地域、历史特点的作品就有三百六十多首。在关东诗阵、吉林省诗词学会编辑出版的二十八部诗词专辑中，有二十部诗集选用了我的诗作二百四十五首（次）之多。可以说，我的每一点儿进步都和关东诗阵息息相关。

我1949年出生在和吉林省通化县毗邻的新宾满族自治县，木奇镇乱查石村是我的故里。新宾县地处长白山余脉的龙岗山山区，龙岗山、苏子河是新宾县的两大地理名片。我从小就过惯了上山打柴采野果、下河打鱼摸虾的生活，对东北地区以及满族的风情习俗有着很深的体验。和关东诗阵的诗友交往起来感到非常的融洽。这也是我多年来为什么追随关东诗阵不离不弃的原因。以后，我还会沿着这条路走下去，为长白山诗词流派的发展繁荣不遗余力，奋斗终生。

只有十天时间。所以接到通知以后，我立即开始了紧张的编选工作。截止到2018年2月底，我总共创作了诗词三千二百五十六首（我的创作习惯是把作品存入电脑文档，编上序号，注明日期，所以数字十分准确）。第一轮，我先遴选出六百首。按编委会的要求，我编选的原则是：一是和关东诗阵、历次采风以及长白山有关的作品；二是反映满族习俗的作品；三是反映关东风情、关东历史、关东地区风景名胜的作品。经编辑初审后，第二轮，按编辑的意见删除了一些泛泛描写时令的作品，最后保留下五百五十九首作品，最终得到编委的认可。在编辑格式上，我也严格遵守“通知”的要求，改变了一些习惯做法，使之更接近出版的标准。在编排顺序上，大体以各类作品的写作时间为序，这样虽然增加了工作量，但便于梳理自己的创作脉络，展示自己的创作历程，有助于读者对自己作品的理解。

非常感谢编辑老师的精心审阅，他们审读作品的细致程度和速度令我十分惊叹，他们的修改意见也令我心悦诚服。尤其是主编张福有、执行主编温瑞的审阅真是独具慧眼。个别的几个平仄不合律的字，或韵脚中夹带了非本韵又非邻韵的字，或句中偶尔出现的繁体字，甚至注释中标点符号有误，格式问题，他们都一一指出。经过前后几个回合，直到第六稿发出，编辑工作终告完成。这里还要感谢邵红霞、沈鹏云、高丰清、张应志几位编辑对我诗稿的关注和认可。

在此之前，我已经有两种自选诗集行世，但编选得都非常粗糙。2011年，我的第一本诗集《东洲诗稿》出版，连刚学写诗词时不合律、不知入声字、不懂平水韵的东西都选入了。2017年，又出版了《诗词专辑》，同样谬误百出，瑕疵不少。当时我就想，再过若干年，仔细编选一册，出版一本可以在书店上架的诗词集，也就了结了当一回“诗人”的心愿吧。没想到这一机会竟突然到来了，还真有点措手不及呢。这里再次感谢吉林省政府重视文化建设，不惜重金，大力倡兴传统文化的举措，真是功德无量啊！

中华诗词是祖国传统文化的宝贵遗产，继承弘扬中华诗词是我们这一代人光荣的责任。自己心甘情愿为此竭尽全力，奉献时间和精力。我们赶上了好时代，习近平总书记大力倡导弘扬中华优秀传统文化，为我们指明了方向，也提供了广阔的舞台。愿与诸贤携手砥砺奋进，让中华诗词论坛、关东诗阵久盛不衰！让长白山诗派在关东大地上成长繁荣，在中国文学发展史上熠熠生辉，永放光芒！

走笔至此，喜赋一律：

贺“长白山诗派丛书”启动次养根斋老师韵

勉事耕耘报稔秋，瑶编集萃众咸休。
因交俊彦痴情咏，为赋白山新句搜。
撷韵常思满乡聚，采风乐赴吉林游。
身融流派呈涓滴，幸借丛刊一卷留。

刘丰田

2018年4月1日

总　跋

经与蒋力华先生多年的思考、谋划与操办，在我省老领导王云坤、张岳琦、唐宪强的关心、支持下，在吉林省委宣传部、吉林省财政厅、白山市委、吉林省文史研究馆、吉林省长白山文化研究会和时代文艺出版社的大力支持下，吉林省诗词学会、长白山诗社认真操作、实施，“长白山诗派丛书”终于面世。

“长白山诗派丛书”，原思路是编撰“长白山诗词流派丛书”，以长白山天池为发端，将沿大泽、松花江、鸭绿江、图们江、伊通河、东辽河、辉发河、浑江、牡丹江、嫩江等江河的诗人之作品分别结集成卷，再加上一卷黑土地农民诗人卷，共编辑出版三百卷，已经列出入围名单。在征求意见时，各方普遍感到规模过于庞大，缺乏财力支持，难以启动和实现。后来，便收缩了范围，缩小了规模，改为“长白山诗派丛书”，规模为一百卷，分三年完成。2019年，是新中国成立七十周年，就先出七十卷，向国庆七十周年献礼。2020年，是长白山诗社成立三十七周年、吉林省诗词学会成立三十三周年、吉林省长白山文化研究会成立二十周年，再编辑出版三十卷，完成一百卷的创新、补白之举。

中国作为诗的国度，“诗派”之说古已有之。盛唐之诗代表了唐诗的最高成就，这是唐诗的第一个高峰。其标志是两大诗派：一是以王维、孟浩然为代表的山水田园诗派，二是以高适、岑参为代表的边塞诗派。李白和杜甫是盛唐双峰并峙的伟大诗人，他们的诗歌代表了唐诗乃至中国古典诗歌的最高成就。唐德宗贞元到唐宪宗元和年间（785—820年），唐诗发展的第二个高峰出现了。其标志也是两大诗派的崛起：一个是以白居易为首，元稹、张籍、王建、李绅等人为羽翼；另一个是以韩愈为首，孟郊、贾岛、卢仝、李贺等为羽翼。他们面对诗的创作“极盛难继”的困境，敢于追求变化创新，努力从博大精深的杜甫诗中汲取开拓创新的思想艺术营养，学习杜甫“因事立题”、用乐府诗反映民生疾苦，使杜诗的现实主义精神得到进一步发扬光大。他们继承了杜甫在艺术上刻意求新、富于创造性的精神，写险怪、写幽僻、写苦涩、写冷艳等，以散文章法、句法入诗，并且大量使用一些非前人诗中所习见的词语，押险韵，拓展了诗的表现领域，丰富了诗的创作手段和艺术风格，推动了唐诗的发展。现在，我们距唐诗第二个高峰，已历约一千二百年。

清代诗人宋荦在《漫堂说诗》中写道：“唐以后诗派，历宋、元、明至今，略可指数。宋初晏殊、钱惟演、杨亿号‘西昆体’。仁宗时欧阳修、梅尧臣、苏舜钦谓之欧、梅，亦称苏、梅，诸君多学杜、韩。王安石稍后，亦学杜、韩。神宗时，苏轼、黄庭坚谓之苏、黄。又黄与晁补之、张耒、陈师道、秦观、李廌称苏门六君子。庭坚别开‘江西诗派’，为‘江西’初祖。南渡后，陆游学杜、苏，号为大宗。又有范成大、尤袤、陈与义、刘克庄诸人，大槩杜、苏之支分派别也。其后有‘江湖’四灵徐照、翁卷等，专攻晚唐五言，益卑卑不足道。金初以蔡松年、吴激为首，世称‘蔡吴体’。后则赵秉文、党怀英为巨擘，元好问集其成。其后诸家俱学大苏。元初袭金源派，以好问为大宗。其后则称虞（集）、杨（载）、范（椁）、揭（徯斯），元末杨维祯、李孝光、吴莱为之冠，前如赵孟頫、郝经，后如萨都剌、倪瓒，皆有可观。明初四家，称高（启）、杨（基）、张（羽）、徐（贲），而高为之冠。成、宏间李东阳雄张坛坫。迨李梦阳出，而诗学大振，何景明和之，边贡、徐祯卿羽翼之，亦称四杰，又与王廷相、康海、王九思称七子。正、嘉间又有高叔嗣、薛蕙、皇甫氏兄弟稍变其体。嘉、隆间李攀龙出，王世贞和之，吴国伦、徐中行、宗臣、谢榛、梁有誉羽翼之，称后七子。此后诗派总杂，一变于袁宏道、锺惺、谭元春，再变于陈子龙。本朝初又变钱谦益。其流别大槩如此。”

关于清诗流派，众说纷纭。《清诗流派史》一书细分了二十多个诗派，竟无一个长白山诗派，显然值得思索与商榷。长白山诗派是个客观存在，不论是否论及，都否定不了其实际上的存在。这一点，本书总序中已有论述，恕不赘言。

长白山地处东陲，“东陲无文”之见根深蒂固。传承、繁荣长白山诗派，是长白山地区诗人责无旁贷的使命。在这方面，我们努力了。从1994年蒋力华在白山市主持召开全国第一次长白山文化研讨会、1996年我在白山市主持召开全国第二次长白山文化研讨会、1998年我在白山市主持召开第三次长白山文化研讨会暨《长白山诗词选》首发式起，我们持之以恒地努力了二十多年。这二十多年，我们主要做了三件事：

一是，梳理了长白山诗词在中华诗词中的源流关系。雄伟的长白山和广袤的关东大地，是孕育长白山诗词的肥沃土壤。类利的《黄鸟歌》，是长白山下第一首有确切作者名字的带有《诗经》风格的四言诗。隋炀帝的《纪辽东》，是词的源头。其中写道“清歌凯捷丸都水，归宴洛阳宫”，丸都，就在长白山下。李世民的“驻跸俯丸都，伫观妖氛灭”，亦然。李白的《高句丽》《送王孝廉觐省》，直接写长白山下的土著。苏东坡的《人参》，直接写到长白山的特产。陆游的“鸭绿桑榦尽汉天”“却回射雁鸭绿江”，都是写长白山发源的鸭绿江。张元幹的“山拥鸡林，江澄鸭绿”，正是长白山的景物。王寂的《张子固奉命封册长白山回以诗送之》，是以诗证史的权威诗作。赵秉文的《长白山行》、刘敏中的《卜算子·长白山中作》，不可多得。元曲中的“雄赳赳，气昂昂”，成为中国人民志愿军军歌的歌词。朱元璋的《鸭绿江》，康熙的《望祀长白山》《松花江放船歌》，尤侗的《长白山赋》，吴兆骞的《长白山》《长白山赋》，曹寅的《乌拉江看雨》，纳兰性德的《柳条边》，乾隆的《望祭长白山》《吉林土风杂咏十二首》，顾太清的《冰灯》，吴大澂的《皇华纪程》，张凤台的《赠刘建封勘查长白山》，刘建封的《白山纪咏》，吴禄贞的《又留别长白山》等，不胜枚举。两千多年，诗咏长白，一脉相承；脉发长白，源远流长。中华民族诗的传承在东北、在吉林有脉可寻。从隋炀帝的《纪辽东》到康熙的《松花江放船歌》，就是一部史诗，也是关东大地的历史，清晰地记载着、深远地影响着中国的历史。以诗可以纪事，以诗可以证史。

二是，搭起了以诗词贯通古今的桥梁和平台。新的长白山诗派，由1998年《长白山诗词选》的出版开始，代表着新气象之开端，至今已二十一年。2004年，吉林省诗词学会与“中华诗词论坛”合办“关东诗阵”，至今已历十五年。“吉林诗词现象”“关东诗阵现象”，已经在中华诗词界得以公认。这应是中华诗词由复苏到复兴进程中的新生事物。我们以“关东诗阵”为主要平台，组织东北以及关内关心东北地区诗词文化建设的诗人，坚持集中开展采风创作，紧紧围绕长白山诗词流派建设，以诗纪事、以诗证史，在创作中培养、提高队伍。“吉林诗词现象”和“关东诗阵现象”，实质上是当代中华诗词的一种创造性实践，是长白山诗派复兴和崛起的象征。

自2007年以来，我们搞了二十多次采风创作，在吉林人民出版社、吉林文史出版社、时代文艺出版社出版了二十多部大型主题诗词专集。在“华夏杯”等全国诗词大赛上，邵红霞等诗人多次获大奖，吉林省诗人甚至曾囊括一、二、三等奖和优秀奖。

《长白山诗词》杂志，有国内和国际公开刊号、有经费、有编制，成为诗人永远的家园……《长白山诗词》创刊三十五年，已出刊一百五十期，刊发诗、词、曲等七万多首。《长白山诗词选》收录诗词作品一千一百六十一首。《中华诗词文库·吉林诗词卷》刊发诗词三千五百五十五首。二十多部采风专集收录诗、词、曲、赋三万余首。直接写长白山等景物的计约一万五千首。这是之所以敢称长白山诗派的雄厚的诗词作品基础和现实的工作基础。

三是，培养了队伍，创作了一批标志性作品。拙斋与蒋力华先生写长白山及关东地区景物的诗词，都在一千首以上。这都是从来没有过的。我们整理、新创了《纪辽东》《玉甸凉》《海龙吟》《一剪梅引》等新词牌，得五千多首作品，温瑞先生称其“具有里程碑的意义”。自2005年以来，连续十五年举办迎春唱和活动，范围包括全国各省，和诗数量近万首，古之未见。在诸如“呼唤”“蟹岛唱和”“海棠雅集”等当代国内最重要的诗词活动中，我们大致都提供了二分之一的作者、三分之二的作品。范围之广、数量之大、反应之灵敏、集结之快速，都是关东诗阵、诗域吉林的特殊存在、实力所在。拙作《张福有诗词选续辑》的出版，被誉为当代长白山诗派的代表作和巅峰，直接促成了“长白山诗派丛书”的立项。

从诗教和诗词基本建设方面来说，我们有意识地下了很大功夫。吉林省诗词学会老会长、长白山诗社社长张岳琦携女张昕所著的《诗词格律简捷入门》，一版再版，深受欢迎。拙著《诗词曲律说解》，公木先生作序，畅销南北，免费发在“国学宝典”网上，惠人无数。吴文昌的援藏援疆新边塞诗，蒋力华的《纪辽东》，张应志的《关东历史名贤百咏》，温瑞的民间风情，聂德祥的《虎啸集》等，都可圈可点。在被周笃文先生誉为“关东铁军”的兵团中，有十分耀眼的女子方阵和农民方阵。王述评、于子力、胡玫、王丽珠、赵凌坤、李容艳、奚晓琳、黄春华、陈静、卢海娟、林丽、吴菲，被称为“十二仙媛”，出版了《十二仙媛集》。许清忠、李彦、刘振翔、张利春、王雪梅、王玉孚、杨丽、高俊香、常红岩、冯振江、杨秦山、郎丽萍、金福昌等一批农民诗人和赵志梅等一批工人诗人，已经成为吉林黑土地上的知名诗人。

由上可知，2010年杨金亭先生关于“可以说，长白山诗词流派，现在已经初步形成”的概括，是符合实际的。面对如此丰厚的成果，我们有责任将其裒辑成卷，以便于当代及后人研究。我们面临一个新时代、好时代。这一时代的长白山诗词创作，着眼历史使命，秉持人民立场，坚定文化自信，繁荣诗词创作，记载发展历程，积累创作经验，是不可断条、不可或缺的。留下我们所处时代的诗的韵律、诗的画卷、诗的记忆，不负我们所处的伟大时代和庄严使命。这套丛书的出版，也有助于消除“东陲无文”的偏见。

“长白山诗派丛书”已入选的作者和作品，无疑是当前吉林省和辽宁省、黑龙江省诗人中的佼佼者和代表作，但并非没有不足之处。同时，由于名额所限等因素，还有一些作者、佳作未能入选。这当然是一个遗憾。好在还有多种渠道和路径，会不断弥补这个遗憾。应当相信，只要是好诗词，就不会被埋没。

“长白山诗派丛书”的出版，既是对一个阶段长白山诗词成果的集中检阅，又是一个新的起点和标志。以往若干研究中国东北文学和诗词的学者，大都无视当代旧体诗人之作。这不能怪别人，至少我们没有系统呈现这方面的丰硕成果。相信“长白山诗派丛书”出版之后，这一情况会有所改观。如此丰硕的诗词成果，是不容忽视的。至于如何评价，那是又一回事，而且对于现在来说，那不是主要的。是非成败，悉由后人评说。

最后，还要由衷地感谢王云坤同志为“长白山诗派丛书”题签。感谢省委宣传部和时代文艺出版社，自觉贯彻落实习近平总书记关于文化建设一系列重要指示，积极立项“长白山诗派丛书”一百卷。这是长白山文化事业建设的大举措，是一种高度的文化自信和文化自觉。时代文艺出版社决定要出精装本，精心选择印刷厂家，体现了高度重视和担当精神。在编辑的过程中，经费不足，得到了白山市委的给力支撑，这也是高度的文化自信和文化自觉的鲜明体现。全省各级诗词学会和诗词组织，认真贯彻落实省诗词学会的部署，精心选择、推荐作者，积极帮助准备作品，在极短的时间内，高效地完成各项任务。所有作者都积极主动，像珍惜生命一样珍惜这样千载难逢的好机会，认真选稿，反复修改。“长白山诗派丛书”的主编、副主编、编委会成员以及出版社的编辑、制作团队，日夜兼程，加班审稿、改稿，扫除差错。正是各方面的配合与努力，使这项空前的诗词文化工程得以顺利完成，并以此向新中国成立七十周年献礼。

总跋赘语

赫然百帙出东陲，率发洪荒力共推。
十六奇峰围大泽，三千弱水毓雄碑。
磬音启昧缥缃醉，手斧披榛锦绣维。
聊引遐陬通韵府，一开绮卷一扬眉。

張福有

2019年4月20日于长春养根斋